「ねぇねぇ、いっそここに泊まるっていうのはどうかな？」

「これ、すっごくおいしいです！」
お手製の窯でピザパーティー!!

「劉生が作った窯で焼いたピザだからね！」

欲求に抗えず、扇奈の体を引き寄せ、両腕で思い切り抱きしめる。
「りゅ、劉生……？」
扇奈の声は完全に上ずっていた。
「いっつも扇奈の方からくっついてくるだろうが。
たまには俺がやり返しても
罰は当たらないと思わないか？」

「私と一緒に住むってどうかな？」3

見た目ギャルな不器用美少女が
俺と二人で暮らしたがる

水口敬文

HJ文庫
989

口絵・本文イラスト　ろうか

私と一緒に住むってどうかな？

見た目ギャルな不器用美少女が俺と二人で暮らしたがる 3

Contents

Presented by
Mizuguchi Takafumi
Illustration Rouka

プロローグ

watashi to issho ni sumutte iunoha dokana?

庭半分を占拠《せんきょ》している畑には、様々な野菜が青々と生い茂《しげ》っている。

トマト、ピーマン、ナス、キュウリ、ほうれん草に小松菜、他にも色んな種類の野菜がすくすくと元気に育っている。

二カ月前にノリと勢いで始めた畑作りだが、うまくいっているのではないだろうか。プロの農家に見せたら鼻で笑われてしまうかもしれないが、何の知識もない普通科《ふつうか》の高校生たちが作ったにしては、なかなかだろう。

ほんの数センチ程度だったか弱い苗《なえ》がグングン育っていくのを毎日見ていると、充実感《じゅうじつ》を覚え、誇《ほこ》らしい気持ちになれる。子の成長を見守る親とは、こんな気持ちなのかもしれない。

高村劉生《たかむらりゅうせい》は、そんな愛《いと》おしい野菜たちを守るためにせっせと雑草を抜《ぬ》いていた。

「数日前に取ったのに、もう新しいのが生えてやがる。雑草の生命力ってスゲーなぁ」

野菜が元気に育つ環境《かんきょう》ということは、雑草も元気に育つということだ。野菜たちにはこれから夏に向けてますます元気に育ってほしいので、邪魔者《じゃまもの》の雑草はこまめに取り除くようにしている。

二カ月前、荒《あ》れ放題《ほうだい》だったこの庭の雑草を抜いた時は、手が痛い腰《こし》が痛いとうんざりしたが、野菜のためと考えたら、やりがいのある楽しい作業と化していた。我ながら現金なものだ。

野菜と野菜の間に自分のポジションを確保しようとしている雑草を見つけると、情け容《よう》赦《しゃ》なく根っこごと全て取り去ってやる。

――ポツ。

雑草取りに夢中になっていると、不意に頬《ほお》に冷たいものが落ちてきた。

雨だ。

見上げると、さっきまでは青空だったはずなのに、頭上にはどんよりとした黒い雨雲が垂《た》れ込《こ》めている。本格的に雨になりそうな気配だ。

「扇奈《せんな》、雨だ」

抜いた雑草を畑の横に捨てつつ、同じく、野菜たちの間に体をねじ込んで雑草取りをしていた少女に声をかける。

「え？　雨？　あ、ホントだ」

劉生以上に集中して雑草取りをしていたらしい少女は、顔を上げて空に向かって手を伸《の》ばし、ようやく雨に気づく。

綺麗《きれい》な金色に染めた髪《かみ》が濡《ぬ》れるのを嫌《きら》ったのか、濡れちゃう濡れちゃう～！　と悲鳴を上げながら、子犬のように素早《すばや》く軒下《のきした》に逃《に》げ込む。

「今日、降水確率二十パーセントだったはずだよ。雨が降るとは思ってなかったなぁ」

金髪《きんぱつ》少女が恨《うら》めし気《げ》につぶやいている間に、地面は雨で濡れ、明るい茶色から黒い茶色に変じていく。

「梅雨《つゆ》だしな、空梅雨《からつゆ》で雨が降らない方が俺《おれ》は困る」

「まあ、畑にとってはね」

六月も半ば過ぎだ。気象庁はとっくのとうに梅雨入りを宣言しているし、雨が降るのはそんなにおかしなことではない。

「それに、西の方は明るいから、俺たちが帰る頃《ころ》にはきっと雨は止《や》んでいるだろ」

「うん、そうだね。こっちは真っ黒い雲だけど、あっちの方は光がさしているし」

幾分《いくぶん》希望的観測を込めつつ西の空に目を向けると、扇奈も同意してくれた。

「にしても、雨が降ると屋外での作業ができなくなってしまうのは痛いなぁ」

本格的に降り始めた雨をにらみつつ、ぼやく。

矛盾《むじゅん》しまくっているが、雨はありがたくもあるが迷惑《めいわく》なものでもあった。

畑仕事はもちろんのこと、炭作りやボロボロの外壁《がいへき》修理など屋外でやる作業はかなり多い。さすがに雨降る中、雨合羽《あまがっぱ》を着込《きこ》んでまで作業をする気にはなれず、雨が降ると屋内でできる作業ばかりしていた。

「うーん、でもさ、私としては雨が降ったら降ったで、それもラッキーって思えるかな」

たった今、天気予報が外れたことに文句を言っていたはずの扇奈が、コロッと真逆のことを言い出した。

「ラッキー？」

「だってさ、私は料理担当だからほとんど家の中にいるけど、劉生は外にいてばかりじゃない。この家にいても、案外劉生と二人きり感ってないんだよね。だから、雨が降って劉生が家にいるのは嬉《うれ》しいかなって」

と、無邪気《むじゃき》に笑う。

「………」

劉生の方は、対照的に無言になる。

以前なら、しょうもないことを言うんじゃないと一蹴《いっしゅう》していただろうが、最近の劉生は、そういうことができなくなっていた。

扇奈が悪いわけではない。彼女《かのじょ》がこういうことを言うのはいつものことだ。それに対して、劉生が今まで通りに処理できなくなってしまっている。

彼女の一挙手一投足にいちいち反応してしまう。ドキドキしてしまう。

今までこんなことなかったのに。

これはよくない、と自分でもわかっているのだが、自分の感情をどうにもコントロールしきれずにいた。

「……どんな物事でも一長一短ってことだな。雨が止むまで家の中でできることをしようぜ」

目を合わせることなく、そう言うのが精いっぱいだった。

「あ、うん、そだね」

劉生が外にいる時間が増えたのは、このボロ家を修理するために必要な木材がないというのが大きな理由だ。

廃屋《はいおく》寸前のこの家は手直ししなくてはならない箇所《かしょ》が数えきれないほどある。床《ゆか》はたわんで隙間《すきま》ができているし、壁《かべ》も穴が開いている箇所がある。戸だってガタガタで立て付けが悪い。それらを直すためには材料となる木材が必要なのだが、小遣《こづか》いしか財源がない劉生たちにとって、それらはなかなか手が出ないものだった。

なので、木材を必要としない作業を選んでするようになり、そのおかげで畑仕事や炭作りなどに時間を費《つい》やすことが多くなっていた。

とはいえ、家の中でも木材を使わずできる作業ももちろんある。

「じゃあ、今日は障子の張替《はりか》えしない？」

と、扇奈が提案してきた。

「扇奈が前から言ってたもんな。了解了解《りょうかいりょうかい》。バシッと真っ白な障子にしてやろうぜ」

黄ばんで穴だらけで、もはや役割を一切《いっさい》果たしていない古い障子紙に霧吹《きりふ》きでたっぷりと水を与《あた》えて、ビショビショに濡らす。それから、古い糊《のり》が水分を吸って柔《やわ》らかくなったのを見計らって、竹べらでこそぐようにして丁寧《ていねい》に取り除いていく。

「うーわ、思った以上に汚《きたな》いなぁ」

除去した古い障子紙を摘《つ》まんで、扇奈が嫌《いや》そうに呻《うめ》く。

汚くなるのも当然だ。これらの障子紙は五年以上の間、ここにずっとあり続けてきたのだ。変色もするし埃《ほこり》も吸着するし、破れもする。

今までお疲《つか》れさんという気持ちになりながら、障子の枠《わく》から完全に古い障子紙を取り除いた。

そして、枠に糊を塗《ぬ》って新しい紙を貼《は》っていく。

「まさか、残っていた書道の紙が役に立つ日が来るなんて思わなかったよ」

「それな」

本来なら障子紙を買ってくるべきなのだろうが、少ない小遣いでやりくりせざるを得ない二人は、中学時代書道の授業で使っていた半紙を障子紙の代用品にしていた。何枚も張り合わせないといけないが、継《つ》ぎ目《め》を枠に合わせるようにすれば、それほど見た目に問題はない。

手先不器用な扇奈が枠にペタペタと糊を付け、手先が器用な劉生がしわなくピンと半紙を貼る。

分担作業しながら、どうということのない雑談を重ねていく。

「そういえばさ、奏《かなで》がランジェリーショップに行こうって言ってるの」

「ランジェリー、って下着屋か？」

「うん、一度じっくり見て回りたいんだってさ。劉生も来る？」

「なんで俺が」

ランジェリーショップなんて男からすれば禁断の聖域だ。行けるはずがない。

「えー？」

当然すぎる拒否《きょひ》なのに、扇奈が不満そうな声を上げる。

「えー、ってなんでそこでそんな反応が出るんだよ。行くわけないだろうが」

「一緒《いっしょ》に行こうよぉ」

「行かない行かない」

手をブンブンと振《ふ》って強く拒否すると、扇奈が糊を付ける手を止め、ツツツと近寄ってきた。

「劉生、付いて来てよぉ。私、いっつも通販《つうはん》で買ってばかりだからランジェリーショップって初めてなの」

遊園地に連れてってとせがむ幼稚園児《ようちえんじ》のように、こちらの服を引っ張る。

「奏と一緒に行くんだから、俺は必要ないだろ」

「あの子も行ったことないんだって」

「いや、その言い方だと、俺がランジェリーショップ経験者みたいに聞こえるだろ。俺だって行ったことないんだから意味ないって」

「三人寄れば文殊《もんじゅ》の知恵《ちえ》って言うじゃない」

「絶対ここで使うべきことわざじゃないなそれ」

行こう行こうと言われ続けても拒否し続けると、焦《じ》れた扇奈はぷくりを頬を膨《ふく》らませ、後ろからのしかかるように抱《だ》き着いてきた。

「ねぇーえ、行こうよー」

彼女の胸の感触《かんしょく》が背中全面に広がる。圧倒的《あっとうてき》な存在感とボリュームがあり、それでいて柔らかく優《やさ》しい感触。

扇奈のいたずらのせいで何度かこの感触を味わっている。だが、いつまで経《た》っても慣れない。その感触が脳に達した途端《とたん》、心臓がドクン！　と不必要なまでに大きく動き出してしまう。

「絶対に面白《おもしろ》いってばー。ほら、たくさんのブラジャーがあるんだから、そこから劉生のお気に入りを見つけて私に試着させるっていう――」

「面白いはずがないだろ」

扇奈の言葉はあまり耳に入っていなかった。背中の、男をダメにする感触にあらがうので精一杯《せいいっぱい》だ。ありったけの精神力をつぎ込んで拒絶《きょぜつ》の言葉を吐《は》いたが、動揺《どうよう》を悟《さと》られないために表情をフラットにできているのかどうか自信がない。

「ランジェリーショップってところは、たくさんの女のお客がいて、しかも試着してたりするんだろ？　それは、男子高校生には毒すぎる」

扇奈一人でも限界ギリギリなのに、下着選びをしている女性ばかりの空間に放《ほう》り込まれるなんて、想像するだけでも顔が赤くなりそうだ。恋人《こいびと》がいたことがない多感な男子高校生には刺激《しげき》が強すぎる。

無理だ無理、と首を強く横に振ると、

「え」

扇奈の動きがピタリと止まった。

「劉生がランジェリーショップに行きたがらないのって、女の子だらけの場所に行くのが恥《は》ずかしいから？」

「そりゃそうだ」

女性の下着云々《うんぬん》に関しては、扇奈のからかいだけですでにキャパオーバーだ。これ以上何かを追加したら、容《い》れ物《もの》が壊《こわ》れてしまう。

「それって、私以外の女にドキドキしちゃうってこと？」

「そりゃあ、たくさんの女性がいたらドキドキするに決まってるだろ」

逆に、ランジェリーショップに行ってドキドキしない男などいるのだろうか。

「何よそれ……！」

至極《しごく》当然のことを言ったつもりなのだが、急速に扇奈の機嫌《きげん》が悪くなっていく。

そして、

「劉生のバカァッ!!」

ガブリ。

扇奈の怒声《どせい》からワンテンポ遅《おく》れて、首筋に鋭《するど》い痛みが走った。

肉食獣《にくしょくじゅう》、あるいは、吸血鬼《きゅうけつき》よろしく、目を吊《つ》り上げた扇奈が劉生の首に歯を立てて噛《か》みつく。

「イッテェッ！　何しやがる⁉」

涙《なみだ》が出るくらい痛い。

「ひゅーへーははふひんへひょ！」

「何言ってるかわからん！　あと、犬歯が刺《さ》さってる犬歯が！」

悲鳴を上げつつ、力づくで扇奈を引き剥《は》がす。

「これ、歯形がバッチリ残っているじゃないか！　絶対一日じゃ消えないぞ！」

噛まれた首筋に手を伸ばすと、はっきりと噛まれた跡《あと》が残っているのがわかった。

「お前、どーすんだよ！　明日も学校があるんだぞ⁉　しかも今月から夏服だ夏服！　絶対にみんなにバレるだろうが！」

「そんなの私知らないわよ。劉生がひどいこと言うのが悪いんじゃない」

扇奈は、なぜかごちそーさまと合掌《がっしょう》している。

「俺が一体何を言ったっていうんだ」

彼女をにらみつつ、スマホで自分の首筋を撮影《さつえい》してみた。やはりくっきりと噛んだ跡が残っている。本当に動物に噛まれたみたいだ。

「これ、野良犬《のらいぬ》に噛まれたって誤魔化《ごまか》せるか……？」

「誰《だれ》が野良犬よ！　せめて血統書付きの犬って言って！」

「え、お前はそれでいいのか……？」

いつものように、いつも通りのやり取りが繰《く》り広《ひろ》げられる。

ひとしきりギャンギャンと言い合いをして、それから気を取り直して障子の張替えを再開する。

「この糊って、小麦粉からできているんだよな」

「そうだよ、小麦粉に水を加えてトロトロになるまで練ったやつ。劉生がネットで調べてきたんじゃない」

「ということは、これって食べられるってことだよな」

材料的にはうどんや素麵《そうめん》と何ら変わらない。

「そうだけどやめて。糊を食べる劉生なんて見たくないもん。これ終わったらご飯作ってあげるから、もうちょっと我慢《がまん》して」

「よし、急いでやろうぜ」

それから二人は協力して、見事なまでにピンとたわみ一つない障子を仕上げ、ちゃっちゃと手早く作った扇奈お手製のご飯を食べた。

「これ、うまいな」

「ただの野菜炒《いた》めだよ？」

「それでもうまい。漬物《つけもの》もうまいしな」

「ホント？　お漬物は塩加減とか気を付けたから、褒《ほ》められると嬉しいな」

劉生が素直《すなお》に褒めると、扇奈も素直に喜んだ。

元々彼女の料理はおいしいが、最近畑で採れたての野菜が手に入るからか、ますますおいしくなっている気がする。

「そういえば、キャベツももう少ししたら収穫《しゅうかく》できるか？」

「うん、ちょっと傷《いた》んだりうまく育たなかったのもあるけど。春から育てるキャベツって難しいんだね。知らなかった」

「俺もだ。でもまあ、何玉かは食べられそうだよな」

「鉄板使って、焼きそばとかお好み焼きとかお好み焼きとかしたいな」

「鉄板料理なら、広島風お好み焼きが食べたい」

「あれは関西風より作るの難しいって聞くんだけど……。でも私頑張《がんば》るよ！　劉生が食べたいっていうなら頑張って焼き方マスターする！」

「おう、楽しみにしてる」

ご飯を食べながらそんな話をしているうちに、予想通り雨は上がり、橙色《だいだいいろ》と限りなく黒に近い濃紺《のうこん》がない混ぜになった空になってくれた。ホッと安堵する。

「よかった。これでチャリで帰れるな」

食後、扇奈の淹《い》れてくれたお茶を飲みつつ、雨上がりの庭に目を向ける。

庭の片隅《かたすみ》に、バラが一株だけ植えられている。

扇奈たっての希望で植えられたものだ。

そのバラが、小さなつぼみを一つ作っている。

もう少ししたら、赤い花が見られるかもしれない。

1章　2＋1＋1＋1

watashi to issho ni sumutte iunoha dokana?

劉生《りゅうせい》と扇奈《せんな》が、彼女の祖父が遺《のこ》した古い木造の家を修理しながら自分たちの居場所作りを始めて、二カ月半ほど経過した。

最初は二人だけの活動で、二人だけの居場所だった。

元々は扇奈の父親が一方的にこの家を取り壊すと言い出したことに反発し、だったら住めるレベルに直してやると啖呵《たんか》を切ったのが、スタート地点だった。それから、庭の雑草を除去し、畑を作り、テーブルや椅子《いす》といった家具を作って住みやすい場所になるように努力を重ねていった。

あくまで、二人の二人による二人のための居場所作りだった。それ以上のものにするつもりなどさらさらなかった。

ところが、最近の旧伏見《ふしみ》家はなかなかに賑《にぎ》やかだ。

「奏《かなで》ー、うちからいらなくなったクッション持ってきたよー」

「ありがとうございます。かさばるものを持ってきてくださって、すごく嬉しいです」

扇奈が自転車の荷台に括《くく》りつけて持ってきた複数の古いクッションを受け取りながら、小柄《こがら》な少女がペコペコ頭を下げる。

「軽いものだし大したことなかったけど、これ、何に使うの？」

「中のスポンジを出してかき集めて、お布団《ふとん》を作ろうかと思っています」

「お布団！　それいいいね！　奏ってば、そんな大物も作れるんだ」

「いいえ、今まで作ったことありません。今まで服にしか注目していなかったですし、そんな大物作っても置いておける場所もなかったですし。ですが、この家だからこそ作れるものも作っていこうと思いまして」

小柄な黒髪《くろかみ》少女——寺町《てらまち》奏は、これから始める作業が楽しみだと全身で表現するように、古いクッションを抱《かか》えた両腕《りょううで》にグッと力を込める。

「最近改めて思い知ったんです。裁縫《さいほう》って、服だけじゃないんだって。色んな形、色んな大きさのものを作っていると、今までわたしが気づきもしなかった扉《とびら》が開かれていくようで、ものすごく充実感があります。あ、もちろん、わたしの最終目標は、劉生君の体形にピタリとフィットする服を縫《ぬ》い上げることですが」

彼女は劉生のクラスメイトだが、二年生になるまで接点らしい接点は何もない、単なる同級生でしかなかった。それが、彼女の方から服のモデルになってほしいと頼《たの》まれたことから少しずつ関わるようになっていった。

彼女は真面目で非常に成績もいい優等生だ。本来、劉生も扇奈も接点を持つような少女ではないはずだった。だが、少しずつ彼女のことを知っていくと、共通点というか同じような問題を抱えていることを知った。

「まずは、このクッションでお布団を作りますね！　と言っても、煎餅布団《せんべいぶとん》しか作れないでしょうけど。スポンジとか綿って案外高いんです」

奏がちょっとしょんぼり顔をすると、扇奈がまああと慰《なぐさ》める。

「煎餅布団でも十分だよ。この家、お昼寝《ひるね》する時は畳《たたみ》の上でゴロ寝《ね》するしかなかったんだから。また古いの見つけたら持ってくるね」

「はい、お願いします」

奏はもう一度ぺこりと頭を下げて、作業部屋に行ってしまった。

程なく、タタタタ……と軽快なミシンの音が聞こえてくる。

「充実しているようで何よりだ」

「だねぇ」

劉生の呟《つぶや》きに、扇奈がしたり顔で同意する。

元々は、裁縫できる場所がない彼女に同情して、そのための部屋と納屋《なや》に眠《ねむ》っていた古い足踏《あしぶ》みミシンを貸したという経緯《けいい》なのだが、今となっては彼女が作ってくれるカーテンやマットなどは非常にありがたかった。

「奏、本当に裁縫上手だよね。この間も、私が鍋掴《なべつか》み欲《ほ》しいって言ったらサッと作ってくれたし」

足踏みミシンの音に耳を傾《かたむ》けながら、扇奈が素直な賞賛を口にする。

「努力しているみたいだからな」

「そうだね。うん、すごく頑張ってる」

奏と扇奈はパッと見、正反対なタイプに見えるが、思いのほか仲良くなっていた。ここでもよくおしゃべりをしているし、学校でも廊下《ろうか》で出くわしたら立ち話をしている。二人きりで休日遊びに行くのはまだのようだが、この間の扇奈との会話から察するに、それも間もなく行われるだろう。

いいことだと思う。二人とも今までろくに友達などいなかったのだから。……だが、二人が仲良くすればするほど、心の中に形容しがたいモヤモヤしたものが生じてしまうのが、ここ最近の劉生の悩《なや》み事《ごと》だった。『自分は扇奈の唯一《ゆいいつ》の友達である』といういみみっちい自負から派生する嫉妬心《しっとしん》なのかと自己分析《ぶんせき》しているのだが、どうも違《ちが》う気がする。ここ一カ月ほど、この問題がずっとしこりのようになっているのだが、どうにも解決方法が見当たらなくて難儀《なんぎ》している。

「ねーねー、劉生に伏見さん、一緒にゲームやらないー?」

一瞬《いっしゅん》、また考《かんが》え込みそうになった劉生の耳に、気楽そうなやや甲高《かんだか》い少年の声が飛び込んできた。

「この前買ったソフトなんだけど、まだ対人はしてないんだ。付き合ってくれない?」

「ネット対戦すればいいだろ」

思考を邪魔《じゃま》されて、無意識に不機嫌《ふきげん》な声になってしまう。

「ネット対戦はすでに魔窟《まくつ》になっていて、購入《こうにゅう》一週間の僕《ぼく》が参戦したところでなすすべなくボコボコにされる未来しかないんだ。ついでに言うと、この家じゃゲーム機をネットに接続できない」

ちゃぶ台の上にゲーム機を置いた少年が、教室でも頻繁《ひんぱん》に見ている笑顔《えがお》をこちらに向けてきた。ついでにコントローラも差し出している。

大江智也《おおえともや》というこの少年、劉生のクラスメイトで、以前から親しくしていた。放課後一緒にゲーセンに行ったり、休日彼の家に泊《と》まり込んでゲームをしたりしたこともある。ただ、裏を返せばそれだけの関係で、無二の親友というほどではなかったし、秘密を何でも打ち明けるほどでもなかった。

そんな彼《かれ》に、劉生と扇奈の居場所である旧伏見家のスペースを与えるなんて、露《つゆ》ほども想像していなかった。ところが、ちょっとした手伝いをしてもらったのをきっかけに、いつの間にかふらりとやってくるようになっていた。

「お前なぁ、俺も扇奈もやることあるんだよ。一人でやってろよ。というか、わざわざここに来てゲームするな。家でやれ家で」

「家ではパソコンでゲームするから忙《いそが》しくて」

「理由になっていない理由を言いやがって……」

この少年、手伝えと言えば手を貸してくれるが、基本的には何もしない。今のようにゲームをやっているか、スマホでパシャパシャと劉生たちを写真に収めるばかりだ。

「まあまあ、いいじゃないの。ちょっとだけ遊ぼうよ」

うんざり顔の劉生を扇奈がなだめ、智也からコントローラを受け取る。

智也がこの家にちょいちょい顔を見せるようになって、てっきり扇奈は怒《おこ》って追い出すものと思っていたが、意外なことにそうはしなかった。食事を作る時はちゃんと智也の分も用意するし、劉生を交えて三人一緒にゲームをする時もある。

「あ、じゃあ伏見さん、僕と一対一やる？」

「嫌。別にあんたとゲームしたいわけじゃないもの。私は劉生としたいの」

まあ、扱《あつか》いはかなり雑ではあるが。

「劉生、やろーよ」

「俺は今はいいや」

「ちぇー。あ、奏やらないかな。聞いてみよっと」

扇奈はコントローラを握《にぎ》りしめたまま、ドタバタと作業部屋の方に行ってしまった。

劉生はそんな彼女を追いかけるでもなく、居間の中央にある大黒柱に寄りかかり、ゲーム画面に目を戻《もど》した智也を眺《なが》め続ける。

「何か言いたそうだね？」

視線を感じたのか、コントローラをカチャカチャ言わせながら智也が聞いてくる。

「なんだかんだでいるなぁコイツ、と思って」

「何言ってんだい、僕をここに連れてきたのは劉生じゃないか」

「ま、そうなんだけどな」

息を大きく吐き、肩《かた》の力を抜く。

ホームセンターでアルバイトをしていて原付バイクを持っている智也に、重たくかさばるセメントを持ってきてくれと頼んだのは、確かに劉生だ。

「だけど、まさかそのままここに居座《いすわ》るとは思っていなかった。なもんで、ちょっと驚《おどろ》いている」

「その言い方だと、まるで何か思惑《おもわく》があって僕がここにいるみたいに聞こえるんだけど。さっき言ったでしょ、家だとこういうゲームはしにくいんだ。ここは静かだし、親の目もないし、おいしいご飯も出てくるし、対戦相手にも事欠かない。バッテリーさえきちんと用意しておけば、実に快適なゲームスポットだよ。それとも劉生、僕がここにいると何か不都合なことでもあるのかい？」

そんなもの、あるはずがない。

智也はいたずらめいた微笑《びしょう》を浮《う》かべ、

「安心しなよ、僕は伏見さんと距離《きょり》を詰《つ》めようなんて大それたこと、ちっとも思っていないから。そういう意図は一切ないよ」

「……………」

なんと返せばいいのかさっぱりわからず無言になると、智也はあははとわざとらしく声に出して笑い、

「僕は、あくまで君と彼女のやり取りを生温かい目で見物させてもらえればそれで充分《じゅうぶん》さ。パンダを見るために年間パスを買って、足しげく動物園に通っている小学生くらいに思ってくれよ」

「俺たちは見世物パンダか」

冗談半分なのはわかっていたが、それでも口がへの字になってしまう。

「表現が悪かったかな？　でも、それくらいここに来ている理由はシンプルで純粋《じゅんすい》さ。二心はないよ」

どーだか、と白い目で見てしまう。この少年、常に笑顔なせいで、逆に真意が読みにくい。

「そんなに見ていて楽しいか？　俺ら」

「おや、自覚ない？」

「ない」

きっぱり言うと、智也は今度は心底楽しげにアハハと声をあげて笑った。

「そういう劉生だから、見ていて楽しいんだよ。まあ、野次馬《やじうま》的好奇心《こうきしん》なんだけど」

「智也はパソコン関係の仕事に就《つ》くのかと思っていたが、案外マスコミ関係も向いているのかもな」

「かもしれないね」

皮肉を言ったつもりだったが、智也は悪びれることもなく首肯《しゅこう》してみせた。

まったく、いい度胸をしている。呆《あき》れるどころか感心さえしてしまう。

劉生が大黒柱から背中を引き剥がした時、扇奈が奏と連れ立って奥《おく》から戻ってきた。

「劉生ー、奏連れてきたよー。だから劉生も一緒にゲームしようよー」

「あの、わたし、テレビゲームなんてやったことないんですけど」

「平気平気、ボタンを力任せに押《お》してたらなんとかなるって」

扇奈が奏をゲーム機の前に座《すわ》らせ、自分もその隣《となり》に腰を下ろす。

「伏見さん、力任せにボタン押したらコントローラ壊れちゃうんだけど。結構高いんだよ、ゲームのコントローラって」

「ほらほら、劉生も」

智也の不安げな声を無視した扇奈が、劉生の服の袖《そで》を掴《つか》んで座らせようとする。

こうなったら、断るのも無粋《ぶすい》か。

「そんじゃあ、ちょっとやるか」

扇奈の勧《すす》めに従い、畳の上に腰を下ろす。そして、気持ちのスイッチをパチンと切り替《か》えて、遊ぶモードにする。

「あの、これはどうやって持ったらいいんですか？」

「それは上下逆だよ、奏。そうそう、そうやって持つの。あとはガチャガチャボタン押してたらなんとかなるから」

「寺町さん、伏見さんの言うこと鵜呑《うの》みにしないでね。お願いだからコントローラ壊さないで」

今日は立て付けの悪い戸を修理しようと思っていたのに、全然作業できなかった。

智也のせいだ、と言える。

「あーっ！　もうちょっとで落とせそうだったのに！　落ちなさいよ！　このっ！　このっ！　このっ！」

「残念、伏見さん、僕のガードの方が早かったね」

「あ、なんかおっきなハンマー取りました。これなんです？」

「チャンスよ奏！　固めている私もろともこいつを奈落に叩《たた》き落して！」

「自分を道連れにしてまで僕を落としたいの!?」

「肉を切らせて骨を切るって戦法、全然平気なタイプなの私！　あんたが一位になるくらいなら私は喜んで好みを犠牲《ぎせい》にするわ！」

「潔《いさぎよ》すぎるよ伏見さん！　あと、なんで僕をそんなに目の敵にするのさ!?」

「お二人とも、ゴメンナサイ！」

「謝《あやま》ることとなんかないわ！　奏、よくやったわ！　イエー！」

「い、いえー……？」

「勝ったんだから喜んで喜んで！」

その代わり、ひどく楽しそうに一生懸命《いっしょうけんめい》コントローラのボタンを連打している扇奈を見られた。

智也のおかげだ、と言えた。

四人もいる時点ですでに騒々《そうぞう》しくも賑々《にぎにぎ》しい旧伏見家だが、この家にやってくる人物はもう一人いる。

智也や奏と比較《ひかく》すると来訪する頻度《ひんど》はグッと少ないし、二人のように旧伏見家に自分のテリトリーも構築していない。ふらりとやってきて、少し立ち話をして帰っていく。たまに扇奈が食事に誘《さそ》ったりもするのだが、応じたり断ったりは半々といったところだろうか。

六月中旬《ちゅうじゅん》の土曜日、朝も早い時間のことだった。ゲームで言えばレアキャラに属するその人物が、旧伏見家を訪《おとず》れた。

その日は朝から四人全員揃《そろ》っていた。劉生は畑の手入れをしたいと思っていたし、扇奈はその畑から野菜を収穫して料理しようとしていたし、奏は制作中の大物である布団を完成させようとしていたし、智也はアルバイトがある夜までこの家で思う存分ダラダラとゲームをしようとしていた。

「あ、椋子《りょうこ》さんだ」

真っ赤に熟《う》れたトマトの収穫をしていた扇奈の声で、同じくトマトのわき芽かきをしていた劉生は顔を上げた。

旧伏見家の前には坂道が通っている。ジグザグなうえにかなりの急こう配で、そろそろここに通い慣れてきているはずの劉生でも、いまだにこの坂道を上ると息をゼーゼーと切らしてしまう。

そんな急傾斜《きゅうけいしゃ》の坂を、長い黒髪をなびかせながら、平地を散歩しているのと変わらない調子でスイスイと上ってくる背の高い少女の姿があった。トレッキングウェアというのだろうか、山登り向けの服装をしている。しかし、肌《はだ》の色は色白を通り越《こ》して青白く、アウトドア派なのかインドア派なのかわからないチグハグとした印象を受ける。

「おはようございます、椋子さん」

直接聞いて確認《かくにん》したわけではないが、おそらく年上なので、劉生は敬語を使うことにしていた。

「おはよう、高村《たかむら》君、伏見さん」

坂道を登り切ったばかりだというのに、年上の少女——加賀《かが》椋子は息を切らすことなく挨拶《あいさつ》を返してくれた。

「二人とも、今日は早いのね」

「俺《おれ》たちだけじゃないですよ、他の二人も来ています」

と、家の方を指し示す。

家の方からはミシンとゲームの音が聞こえてくる。

「ああ……寺町さんと大江君、だっけ。そう、あの二人もいるのなら、ちょうどいいわ。実は、ちょっと手伝ってほしいことがあるの」

「なんでしょうか。俺たちにできることなら喜んで手伝いますよ」

「うんうん」

劉生の言葉に扇奈もコクコクと頷《うなず》く。

椋子にも彼女の祖父にもかなりお世話になっている。手伝ってと頼まれたら、一も二もなく協力したい。扇奈もきっと同じ気持ちだろう。

「うちの山にね、梅畑があるの。そろそろ収穫時期で、いつもはワタシとおじいちゃんの二人で収穫していたんだけど、ほら、うちのおじいちゃん、今は足を怪我《けが》して動けないでしょ。収穫した分の何割かは――」

「やります！　やらせてください！」

椋子に最後まで言わせることなく、扇奈はビシリと挙手して参加を表明した。

「梅干し、か」

好き嫌《きら》いが激しい食べ物だが、劉生は嫌いではなかった。むしろ、梅干し入りのおにぎりはツナマヨの次に好きなくらいだ。

もしもこの家でたくさんの梅干し入りのおにぎりが食べられたら、それはものすごく嬉《うれ》しい。他にも、扇奈の腕前《うでまえ》があれば、梅干しとして食べるだけでなく、様々な料理に応用できるだろう。

「俺も、喜んで」

劉生も扇奈に倣《なら》い、太陽に向かって真っすぐ腕《うで》を伸《の》ばし、参加を表明したのだった。


劉生と扇奈は大喜びで手伝うと請《う》け負《お》ったが、ゲームとミシン縫いに勤《いそ》しんでいた二人が手伝ってくれるかどうか不安だった。

二人は劉生たちと違って、『旧伏見家での暮らしを充実《じゅうじつ》したものにする』が主たる目的ではないからだ。特に、奏の方は裁縫という明確な目標のためにここに通っているので、それとはおよそ関係ないことを手伝わせるのは少々気が引けた。

だが、その心配は全くの杞憂《きゆう》で、二人とも思いのほか乗り気な様子だった。

「梅の収穫かぁ。僕がバイトしているホムセンでもこの時期には梅干し用にって大袋《おおぶくろ》入りの塩とか赤紫蘇《あかじそ》の束なんかが売られているよ」

「梅の雨って書いて梅雨《つゆ》ですしね。わたし、そういう季節感を感じられることしたことないから楽しみです」

「普通《ふつう》の家じゃなかなか梅干し作りってしないからね。さっき言った塩とか赤紫蘇とかも買ってく人、完全に固定された年配者だけらしいよ」

「そうなんですか。時間も手間もかかってしまいますからでしょうか」

智也と奏はそんなことをのんきに話しながら楽しそうに歩く。まるで遠足に行っているような雰囲気《ふんいき》だ。

もっとも、背負っているのはお弁当やお菓子《かし》が詰まったリュックではなく梅の実を入れるための大きな籠《かご》だし、歩いているのもハイキングコースではなく獣道《けものみち》以下の鬱蒼《うっそう》とした山道なのだが。

少し歩くペースを緩《ゆる》め、後方を歩く二人に合流する。

「二人とも、無理に手伝うことはないんだぞ」

「無理になんて、そんな」

「その気遣《きづか》いは無用だよ、劉生」

劉生の言葉に、二人は揃って首を横に振った。

「普通ではできないことをさせていただくチャンスです。こちらからお願いしたいくらいですよ。それに、梅干しがあったら、扇奈さんの料理の幅《はば》が広がるでしょう？　それはわたしたちにとってもありがたいことですから」

「そうだねぇ。率直《そっちょく》に言って、伏見さんの料理、僕の母親のよりずっとおいしいよ」

「ですね。コンロではなく、使い慣れていないかまどであれだけの料理を作るなんて本当にすごいと思います」

二人が素直に扇奈の料理を称賛《しょうさん》してくれると、劉生も嬉しい気持ちになれた。

本当に、扇奈はすごいと思う。

その扇奈はというと、三人の少し前で案内役を務めている椋子の傍らにずっとへばりついていた。

「そうなんですか、梅干しに向いているのって完熟した実なんですね。ということは、青い実もまだあるんです？」

「全部の実が同時に熟すなんてないわよ。でも、今日で青いのも採れるだけ採るつもり。青いのは、氷砂糖に漬《つ》けて梅シロップにしたり、ホワイトリカーで梅酒にしたりすればいいんだし」

「梅酒は無理ですけど、シロップはいいですね！」

山中にある梅畑に向かう道中、ずっと梅についてのあれこれを質問し続けている。

「梅干しって最初お塩で漬けるんですよね。その時の注意点ってあります？」

「そうね、梅干しに限った話じゃないけれど、漬物をする時はとにかく殺菌《さっきん》するのが大事。雑菌《ざっきん》があるとカビが生えちゃうから。結局のところ、お塩やお砂糖やオリーブオイルで漬けるってカビが生えないようにするためなんだし」

「この間ピクルス漬けたんですけど、その時は熱湯消毒をちゃんとしました」

「梅干し作りでは焼酎《しょうちゅう》をよく使うの。高い度数のアルコールで殺菌消毒するの」

「焼酎かぁ。うちのお父さん、お酒はワインしか飲まないんですけど、ワインじゃダメ？私未成年だから買えないし」

「ワインはアルコール度数低いし、色とか匂《にお》いとかあるからちょっと不向きじゃないかしら。そうね、よかったら、後で持ってくるわ。おじいちゃんが飲んでいるのがあるはずだから」

「ありがとうございます。助かります！」

大きな背負い籠を担《かつ》いで二人の会話を聞いていると、話の主導権を握っているのは明らかに扇奈の方だった。彼女《かのじょ》が自分以外の人間との会話でここまで積極性を見せるのは非常に稀有《けう》なことだ。よほど梅干しの作り方を知りたいらしい。ネットで調べれば梅干しの作り方くらいすぐにわかる。だが、経験者の口から色々教わる方が有益なのは間違《まちが》いない。扇奈もそれがわかっているから、人付き合いが嫌いにもかかわらず、頑張って梅干しの作り方を聞いているのだ。

「……いや、違うな」

揺れる金色の髪《かみ》を見つめながら、それまでの自分の思考を全否定した。

もちろん、梅干しの作り方を教わりたいというのも正解の一つだろう。だが、決してそれだけが理由ではない。椋子と話したいから話しているのだ。

最近は奏ともよく話している。最初は裁縫についてのことばかりだったが、今では、誰々《だれだれ》先生がどうの、近所のスーパーの特売がどうのと、たわいのない四方山話《よもやまばなし》もよくしているのを劉生は知っていた。

扇奈は少しずつ変わってきている。あるいは、昔の扇奈に立ち戻ってきている。

それは喜ばしいことだ。

対する劉生は、変わっていない。自分でも嫌《いや》になるくらい変化がない。

「――着いたわ。ここよ」

道なき道を歩きながら思索《しさく》の沼《ぬま》に沈《しず》み込《こ》みそうになった時、椋子が梅畑に到着《とうちゃく》したことを告げた。

「疲《つか》れたー」

「ここに来るだけでも大変ですね」

智也と奏が大きく息を吐《は》き、持ってきた水筒《すいとう》でさっそく水分補給し始める。二人はこの山に入るのも初めてのことだから無理もない。

劉生も蒸《む》し暑《あつ》い中上ったので、汗《あせ》を掻《か》いてしまった。首に引っ掛《か》けていたタオルで汗をぬぐう。

「にしても、ここが梅畑……？」

梅の木がたくさん生えた畑、ということだったので、リンゴ狩《が》りとかができる果樹園のようなものを想像していた。しかし、椋子が案内した山の中腹は、確かに数えきれないほどの実をつけた梅の木が何本も元気に枝を伸ばしているが、それ以上に雑草もうっそうと生《お》い茂《しげ》っていた。どう見ても畑という感じはしない。山の中に梅の木が自生しているようにしか見えなかった。

「元々ここはちゃんとした普通の畑だったの。ジャガイモとか大根とか、そういうのを育てていたとか。もう何十年も前のことなんだけれど」

怪訝《けげん》な顔をする劉生に、椋子が説明してくれる。

「でも、ひいおじいちゃんが亡《な》くなって、山と畑の管理をする人がおじいちゃん一人になって、山のメンテをしつつ、この畑も維持《いじ》管理し続けるのがどうしても無理になっちゃって。耕作放棄《ほうき》地になるのが確実だから、梅の苗木《なえぎ》を植えたんだそうよ」

「なるほど、荒《あ》れ地《ち》にするよりは梅が取れた方がまだマシ、ってことか」

「花が咲《さ》いたら、綺麗《きれい》だしね。とか言いつつ、ここまで花見に来たことなんて一度もないけれど」

加賀老人が怪我して、これからこの山の管理はどうするんだろう、と赤の他人のくせに勝手に心配したことがあったが、この山の管理の問題はもっともっと前から発生していたようだ。

「まあ、そういうわけで、全然手入れとかしていないけれど、一応ここが梅畑ってこと。じゃあ、さっそく収穫を始めましょうか。これだけあるから、一粒《つぶ》残さずなんてのは絶対に無理だし、採れる範囲《はんい》で採ってくれればそれでいいから」

と、椋子は背負っていた籠の中から大きなブルーシートを取り出し、生い茂る雑草を覆《おお》い隠《かく》すように梅の木の下に広げ始めた。自然の緑と人口の青のコンストラクトが目に心地《ここち》いい。

「これから実を落とすから拾ってちょうだい。ただし、傷がついていたり明らかに傷んでそうなのは使えないからその辺に捨ててね」

「実を落とすって、どうするんです？」

木の棒で枝を揺《ゆ》らすとか、幹を掴んでゆさゆさ揺するとかだろうか。

近くに長い棒でも転がっていないかとキョロキョロしていると、椋子が想像を超《こ》える豪《ごう》快《かい》な方法と取り始めた。

「それはね、こうするのよ」

梅の木から四、五メートル離《はな》れ、そこから助走し始める。

「せーのッ!!」

そして、四人の高校生が見つめる中、プロレスラーばりに見事なドロップキックを幹に叩き込んだ。

梅の木がグワングワンとしなりながら大きく揺れ、梅の実がボトボトと大粒の雨のようにブルーシートの上に落ちてゆく。

「さあ、落ちてきた実を——どうしたの？」

足元にコロコロと転がる梅の実を拾い上げ、背負い籠の中に入れようとした椋子が、他の面々が呆《あっ》気《け》に取られているのに気づく。

「いや……」

代表して、劉生が口を開く。

「ずいぶん乱暴な方法だなって」

「乱暴⁉」

「力づくすぎるって思いました」

「力づく⁉」

椋子にとって、その感想は心外だったらしい。

「え、え⁉　私の家ではずっとこの方法だったんだけど、これって乱暴で力づくなの⁉　手っ取り早いし道具もいらないし一番いい方法だと思うんだけど！」

確かに手っ取り早いが、あまりにもあんまりな方法である。まさか同世代の女の子のドロップキックを、こんな山の中で見ることになるとは、思いもしなかった。

「普通は揺するとか、棒で枝を揺らすとか、そういう方法じゃないです？　なあ？」

劉生が同意を求めると、

「ワイルドすぎると思う」

「ちょっと梅の木が可哀想《かわいそう》だなって」

扇奈と智也がそれぞれ正直な感想を口にする。

「え、ええ……？　これってそう見えちゃうの……？」

多分、加賀家では至極《しごく》当然の方法なのだろう。そして、椋子はこれがおかしいと疑ったことさえなかったのだ。なのに、それを奇異《きい》の目で見られて、ものすごく戸惑《とまど》ってしまっている。

「てゆーか、誰《だれ》だよドロップキック始めたのって。普通に蹴《け》るだけでもいいはずなのに」

加賀家の人間にプロレスファンでもいるのだろうか。

「今の方法って変なの？　おかしいの？」

ショックを受けた椋子が、みんなの顔をキョロキョロと落ち着きなく見回していると、奏がトコトコと梅の木に近づいた。そして、さっきの椋子と同じ助走の姿勢に入る。目が、生まれて初めて見る巨大《きょだい》ジャングルジムに挑戦《ちょうせん》しようとする幼稚園児《ようちえんじ》のそれと全く一緒《いっしょ》だ。

「ちょっと待った奏！　お前はそれしちゃダメだ！」

「ダメダメダメ！　そんなことしちゃダメだったら！」

何をする気かすぐに察した劉生と扇奈が、小柄な少女の二本の腕をそれぞれ掴んでストップをかける。

「え？　ダメですか？　すごく効率的な方法だと思ったんですが。何より、カッコいいと思ったんですけど」

「今時ドロップキックなんて、流行《はや》らないしダサいんだよ！」

「あれは真似《まね》しちゃいけないことだってば！」

小柄で非力で運動不得意な奏がドロップキックなんてやったら、梅の木に跳《は》ね返されて着地に失敗して怪我をするのがオチである。

「わたし、あんなことしたことなくて。やってみたいです」

奏が好奇心と憧《あこが》れで目をキラキラ輝《かがや》かせている。

「俺たちもあんなガサツで野蛮《やばん》なことやったことないって！　やったことないのが普通なんだからチャレンジしようとするな！」

「ダメなんですか……？　すごく楽しそうでしたが……」

懸命《けんめい》に説得して、どうにかこうにか諦《あきら》めさせる。それでも、チラチラと梅の木を見ているあたり、だいぶ未練があるようだったが。

「なんだ、しないんだ。残念」

奏の腕を解放して、後ろを振《ふ》り向くと、智也が笑顔のままスマホを構えていた。『はじめてのどろっぷきっく』とでもタイトルがつきそうな写真を撮《と》るつもりだったらしい。

「お前なぁ、まずは止めるのを手伝えよ。怪我したらどうすんだ」

「ドロップキックしたくらいで怪我なんかしないってば。劉生と伏見さんは案外過保護だねぇ」

あははと気軽に笑う友人を見て、嘆息《たんそく》するしかない。

「とにかく奏、木を蹴るなんて行儀《ぎょうぎ》悪いことするんじゃない。椋子さんも、実を落とすんなら俺と一緒に揺すれば……椋子さん？」

やけに静かだな、と思ったら、椋子は膝《ひざ》を抱えていじけていた。

「乱暴……ガサツで野蛮……行儀が悪い……」

当たり前だと思っていたことをディスられて、相当ショックを受けたらしい。

どうやって落ち込んだ年上の少女をフォローしようかと椋子の周りでワタワタしていると、シャッター音が聞こえてきた。

――パシャリ。

「だから、見ているだけじゃなくて、なんかしろよな」

「手伝うよ？　写真を撮ってからね」

「ブレねぇな、お前は」

高身長の椋子が小さくなっている姿を写真に収めて満足げな顔をしている智也を見て、ほとほと感心するしかなかった。

　それからさっそく緑の葉を生い茂らせている梅の木の下で、梅の実拾いを始めたのだが、間もなく劉生たちは悲鳴を上げることになってしまった。

「ヤバイ、腰《こし》が痛い！」

「バイト先の肉体労働なみにしんどいね、これ」

「簡単な労働に見えて、かなりきついですね」

　ブルーシートの上に落ちた梅の実を拾って、籠の中に入れるだけの単純作業なのだが、これが思いのほか重労働だった。

　地面に落ちているものを拾うのだから、屈《かが》まなくてはならず、そのせいで腰に負荷《ふか》がかかる。

「みんなも僕みたいにしたらどう？」

　智也は早々にブルーシートの上に座り込んで、移動する時はズルズルと四《よ》つん這《ば》いで動くというとんでもなく横着なことをやり始めた。

「それはそれで、ひじやひざが痛くなりそうで嫌だ」

　そもそも這《は》って移動するから時間がかかる。

「かがんで拾う方が絶対にいいだろ」

しかし智也は大真面目な顔で首を横に振り、

「腰を痛めるよりはずっとマシだよ。いいかい劉生、腰ってとっても大事なんだ。腰は人間の中枢《ちゅうすう》と言ってもいい。腰が痛くなったら、あらゆる行動の全てに支障をきたすと言ってても過言じゃない。だから、ひじやひざの痛みなんて問題じゃないね」

「えらく語るな智也。ひょっとしてお前、ぎっくり腰《ごし》持ちなのか？」

「………………」

冗談《じょうだん》半分だったのだが、彼は悲痛な沈黙《ちんもく》を返してきた。

「え？　マジで？　この年でぎっくり腰やっちゃってるのか？」

「バイトで重い荷物を運ぶことがあるんだよ！　そういう労働やったら腰にダメージくるのは仕方がないだろ！　ビキッて本当に音がするくらい痛かったんだよ⁉　トイレ行くだけで脂汗《あぶらあせ》をかかなくちゃいけないつらさってわかる⁉」

いつもは穏《おだ》やかな智也がこの時だけは必死の形相で訴《うった》えてきた。

「ええと……うん、無理はするな」

ぎっくり腰の経験がない劉生は、そう言って宥《なだ》めるしかなかった。

「まあ、でも、ぎっくり腰に怯《おび》えるのもちょっとわかるかもな」

とにかく、梅の実の数が尋常《じんじょう》ではない。五人がかりで拾っても、ブルーシートの上に落ちた熟した黄色い実は全然減らないのだ。

「梅の収穫《しゅうかく》って、かなり大変なんですね」

「ホントだね。楽に収穫できる機械とか欲しくなるよ。梅の実を収穫する強力掃除機《そうじき》とかないのかな」

奏と智也がそんなボヤキを言い合う。

口には出さないが、劉生も早々にうんざりしていた。梅の収穫も結構だが、家の方で色々作業をしている方が性に合う。

逆に熱心に梅の実拾いを頑張《がんば》っていたのは、扇奈と椋子だった。扇奈には梅干しを作りたい欲求が、椋子には祖父の名代としての責任感があるからだろう。

「こんなにたくさん梅の実があるって素敵《すてき》ですね！」

「収穫したり作ったりするのは大変なんだけどね。でも、この木のおかげでうちは梅干しとか買ったことないわ。赤紫蘇も育てているし、塩だけ買えばいいんだから」

「いいなぁ。梅干しって案外高いんです。あ、椋子さん、あの枝の先にまだ残っている実がありますよ。とってもきれいに熟しているっぽいのに。あれも落とせないです？」

「そうね、ちょっと待って。木に登って枝を直接揺らしてみるわ。……木登りもガサツとか野蛮とかディスらないでしょうね？」

「ディスりませんディスりません！　そんなことしませんから、取ってきてください！」

実に楽しそうに一緒に梅の実採りをやっている。

扇奈と奏が仲のいい親友なら、扇奈と椋子は仲のいい姉妹《しまい》に見えた。


椋子が加賀家に持って帰ったのは半分以上の量だったが、それでも四桁《けた》を軽く超える量の梅の実が旧伏見家にやってきた。

居間の真ん中に新聞紙を広げて籠をひっくり返すと、こんもりとした山ができた。なかなか壮観《そうかん》な絵だ。梅独特の青いにおいが鼻をくすぐる。

「スゲェな、これ全部梅干しにしたら、十年くらい梅干し食べ放題になるんじゃないか？」

梅の山を見ていると、収穫した喜びと達成感と充実感に満ち溢《あふ》れ、これから作られる梅干しへの期待感で声が弾《はず》んでしまう。

「土鍋《どなべ》で炊《た》いたご飯に自家製の梅干し載っけて食べるとか、シンプルだけど結構な贅沢《ぜいたく》だよね。それができるの楽しみだなぁ」

「他にも、梅肉として活用するレシピってたくさんありますよね」

梅の傍《かたわ》らで腰をさすっている智也とお茶をコクコクと飲んでいる奏も疲れた表情を見せ

ながら、満足気で楽しそうだった。

「梅肉使った料理いいな。俺、キュウリの梅肉和《あ》え好きなんだ。梅干しできたら扇奈に頼《たの》むかな」

「劉生、渋《しぶ》いね。僕《ぼく》は梅肉と紫蘇《しそ》を中に挟《はさ》んだささみフライとか好きだよ」

「わたしは梅肉とチーズとジャコを載せたトーストが好きです」

「へぇ、意外な組み合わせだけど、おいしそうだな」

「クエン酸とタンパク質とカルシウムと炭水化物がまとめて短時間で摂取《せっしゅ》できて効率的だからと母がよく作ってくれます」

「…………」

「なんだか作る動機に闇《やみ》を感じるね」

少年二人が困った表情で顔を見合わせ、なんともいたたまれない空気になりかけた時、扇奈が大きな金だらいを抱《かか》えて戻ってきた。

「劉生、ちょっとそこどいてー」

山から帰ってきて休憩《きゅうけい》もせずに何をやっていたのかと思っていたが、これを洗っていたらしい。

「さ、始めるわよ」

と、金だらいを三人の中央にドスンと置き、竹串《たけぐし》を配って回る。

「なんだこれ?」

嫌な予感しかしないが、一応聞く。

「もちろん、梅の下処理をするための道具」

予感的中。

「あのね、梅の頭のところに黒っぽいヘタとか汚《よご》れが残ってるでしょ。これを竹串でほじくり出して、水で洗って汚れを落として綺麗にするの。椋子さんがこうするんだって教えてくれたんだ。その後は、しっかり殺菌消毒したツボの中に塩と交互《こうご》に――」

「待て。待て待て待て待て」

覚束《おぼつか》ない手付きで、今言った通りのことを実践《じっせん》してみせようとする扇奈を、慌《あわ》てて制止する。

「その工程を今日全部やるつもりか? この千個以上ある梅の実全部に」

「うん、もちろん。今日中に下漬《づ》けまでしておきたいんだもの」

扇奈は真面目そのものだが、劉生の方はうげぇと顔をしかめてしまった。

「数日に分けてやるっていうのはダメなのか?」

「ダメ。漬かり具合にムラができちゃう。それに、時間を置いて傷《いた》んじゃったら残念だし、もったいないでしょ。食べ物は大切にしなくちゃダメ」

「それは、まあ、確かに……」

小学校の先生みたいな口調で言われてしまい、反論の言葉がなくなってしまう。

彼女の言い分は正しいし、その熱意に水を差すのは気が引ける。こういう時の扇奈にはできるだけ協力してきたし、助力を惜《お》しもうと考えたこともなかった。だが、今日ばかりはやりたくない。

超絶《ちょうぜつ》めんどくせえええええええっ！

この気持ちしか出てこないのだ。

何しろ、慣れない山登りと、腰を酷使《こくし》する梅の収穫をしてきたばかりである。別日ならまだ頑張ろうかと思えるが、今日は畳《たたみ》の上で寝《ね》っ転《ころ》がってゴロゴロしたい気持ちの方が圧勝している。

さて、どう逃《に》げようか。

心の中で腕を組んで、真剣《しんけん》に考える。

その隣で、智也が焦ったような表情を見せながら、突然《とつぜん》挙手をした。

「はいはい！」

「何か質問？」

変わらず女教師みたいな口調の扇奈が目を向けると、彼は早口で、

「あ、あのさ、梅を漬けるのに塩とか氷砂糖とか必要でしょ。僕がバイトしているホムセンなら漬物《つけもの》用のが売ってるし、僕なら社員割で安く買えるから今から原チャで行ってくるよ」

などと、自分を売り込むようなことを言い出した。

智也との付き合いもそれなりの長さだ。発言の意図がすぐにわかった。

彼《かれ》の発言は率先《そっせん》して協力したいという気持ちが発露《はつろ》したものではない。面倒《めんどう》くさい梅の下処理から逃げ出すための発言だ。

こいつ……！　自分だけ逃げるつもりだな……!!

ひと昔前のヤンキーばりに睨《にら》みつけてやるが、小柄《こがら》な少年は人のよさそうな笑顔《えがお》を扇奈に見せ続ける。

「いい案でしょ伏見さん」

「そうね、お塩とか安く買えるならすごく助かるし、お願いしようかな」

「やった！　すぐに行ってくるね！」

「ただし」

扇奈は腰を浮《う》かした智也の後ろに回り込み、ポケットからスマホを取り上げる。

「三十分以内に帰ってこなかったらこの中に入っているメモカ、叩き割《わ》るわね♪」

「ちょっと待って！　メモカの中には写真のデータが入ってるんだ！」

「でしょうね」

扇奈が相槌《あいづち》を打ちながら、慣れない手つきでスマホからメモリーカードを抜《ぬ》き出す。

「まだバックアップ取ってないんだ！　せめてクラウドに上げさせてよ！」

智也がらしくない狼狽《ろうばい》ぶりを見せながら、メモリーカードを返してくれと懇願《こんがん》する。

「ダーメ。そしたら人質《ひとじち》ならぬ物質《ものじち》の意味ないじゃない」

「劉生の恥《は》ずかしい写真あげるから！」

「……一時間以内に帰ってこなかったらこの中に入っているメモカ、叩き割るから」

「くっ……！」

これ以上の譲歩《じょうほ》は望めないと判断した智也は家から転がるように飛び出し、原付バイクに乗って坂を下りていった。

「なんだ今のやり取り」

サボろうとする方もサボろうとする方だが、それを逆手に脅《おど》す方も脅す方だ。

「てゆーか、俺の恥ずかしい写真っていつ撮ったんだあのヤロウ。そして、扇奈もそんなの欲《ほ》しがるな」

「劉生が自ら率先してヌード写真を撮らせてくれるなら、そっちでもいいけど」

「あ！　それはわたしも欲しいです！」

と、さっそく梅の実の下処理を始めていた奏が、小さな体を大きく主張するようにビシリと手を挙げた。

「いや、そんなの撮るわけないから。というか奏、もう始めているのかよ。疲れてるだろ、無理すんな」

体力的なことを言えば、彼女が一番ない。

「いえ、大丈夫《だいじょうぶ》です。それに、なんとなく縫物《ぬいもの》に似ていますから」

言われて彼女の手元を見ると、竹串で梅のヘタの部分に残っている汚れをほじくる動作は縫物に似ていなくもない。

「私もがんばろっと！　おいしい梅干しをたくさん作るぞー」

言いだしっぺの扇奈も下処理をし始めた。

とんでもなく不器用な彼女はこういう作業は苦手だ。彼女が料理が得意なのは、あくまで努力を重ねた結果である。未経験の作業はたとえ料理に関連することでも不得意であり、梅の実の下処理なんて今までやったことがあるはずがない。

となれば、どうしてもノロノロモタモタとゆっくりのペースになってしまう。

「イタッ！」

竹串の動かし方を間違えて、自分の左手を刺《さ》してしまった。

だが、それでも彼女は愚痴《ぐち》も文句も言わず、彼女なりのスピードで下処理を続ける。

「…………」

それを見た劉生は、音もなく嘆息した。

やるしかない、よな。

女子二人がやっているのに、自分だけ嫌だやりたくないと駄々《だだ》をこねるのはあまりにカッコ悪い。

覚悟《かくご》を決めて、梅の山の前にどっかと胡坐《あぐら》を組む。

竹串を使って傷がつかないように注意しながら、へそみたいな部分にたまった黒っぽい汚れをほじくり出す。そして、扇奈が用意した金だらいの中に梅の実を入れる。

それだけの単純作業。ゆえに面倒で大変で集中力が要《い》る。

「扇奈、ここまでやるんだから、梅使った料理作りまくれよ」

作業をしながら、念を押《お》すように扇奈に言う。

「それはもちろん。リクエストあるならジャンジャン言ってよ。ラジオのＤＪばりにバンバン受け付けるよー」

「俺はキュウリの梅肉和え鰹節《かつおぶし》たっぷりのやつ」

「梅肉チーズジャコサバの水煮《みずに》載《の》せトーストもお願いします」

顔を上げないまま奏も会話に参加する。

「ちょっと待った。さっき言ってたのより載せるものが増えてるぞ」

「DHAを補給するためにサバの水煮も載せるのが正式なものなんです」

「想像するだけでまずそうなんだが」

「いえいえ、そんなことはないです。慣れたら結構おいしいです」

「扇奈は食べたいと思うか？　俺は遠慮《えんりょ》する」

「私もパス！」

そんなことを三人で話しながら作業を続けていると、遠くからバタバタとエンジン音が聞こえてきた。

「伏見さん買ってきたよ！　メモカ返して！」

大きな荷物を抱えた智也が、ヘルメットも取らずに居間に飛び込んできた。

「あ、想像以上に速い。法定速度守ったんでしょうね」

「メモカ！」

「ちゃんとお塩と氷砂糖買ってきてくれてるね。ご苦労様」

買ってきたものを確認《かくにん》してからメモリーカードを返却《へんきゃく》する。と同時に、竹串も押し付ける。

「じゃあ、はい。頑張ってね」

「たった今買い物行ってきたんだけど！」

それはいつも笑っている智也にしては珍《めずら》しい、悲痛な叫《さけ》びだった。

「何言ってるの。それはそれ、これはこれ」

「ひどいよ伏見さん！」

「代わりに梅肉使った好きな料理作ってあげる」

「じゃあ、鶏《とり》のささ身に梅肉と紫蘇を挟んだフライと、梅肉入り生姜焼《しょうがや》きと、牛肉と梅肉のソテー」

「全部お肉ね。意外。あんたってば肉食系なんだ」

「伏見さん、その言い方は語弊《ごへい》があるよ。僕は人畜無害《じんちくむがい》な草食系だよ」

「自分で言ってる時点でウソくさいんだけど」

そんなことを扇奈と言い合いながら、智也も渋々《しぶしぶ》梅のヘタ取りを開始した。

「梅干しもそうだけど、氷砂糖で作るシロップの方も楽しみだな。この家、甘《あま》いものが常備されていないし」

「定番は梅のジュースでしょうか。わたしは炭酸水のも飲んでみたいです。家では炭酸って飲めないものですから」

「私はかき氷作って原液をシロップ代わりにするっての考えてるの。手動のかき氷機あったから」

「でも扇奈、この家冷凍庫《れいとうこ》がないんだぞ。氷はどうする？」

「そこにバイク運転できる人がいるじゃない。その人に注文したら運んできてくれるでしょ」

「え、僕、デリバリー扱《あつか》い？」

四人で喋《しゃべ》りながら作業を続けていると、一升瓶《いっしょうびん》を抱えた椋子がやってきた。

「あら、もう下処理始めているの。焼酎持ってきて正解だったみたいね」

「あ、椋子さん。よかったー。はい、これ竹串」

「ワタシもやるの？　ワタシ、家でも同じ作業やるんだけど」

「まあまあ、いいじゃないですか。お礼に好きな梅料理作らせていただきますから」

「じゃあ、湯引き鱧《はも》の梅肉添《ぞ》え」

「鱧が高すぎてさすがに無理です！」

椋子も加えて、五人がかりで梅のヘタ取りをワイワイと頑張る。おかげで、なんとか夕方までには終わらせることができた。

「疲れた……」

ものすごく疲れた。細かい作業をずっと続けたせいで、眼精疲労《ひろう》がすさまじいことになったし、手には梅のにおいが染《し》みついてしまい入浴するまでずっとにおっていた。おまけに竹串を握《にぎ》り続けたせいで手が痛い。筋肉痛になりそうだ。これは明日は作業できないかもしれない。

「よしよし、まずは塩漬《しおづ》けね」

塩と一緒に漬け込まれた梅がギッチリ詰《つ》まった茶色い陶器《とうき》のツボを見て、扇奈が満足そうに頷《うなず》く。

「この後、赤紫蘇《あかじそ》と漬けたり、天日干しをしたりして梅干しの完成らしいよ」

「先は長いな」

「そうだね。でも、完成したら約束通り、みんなのリクエストの料理作るから楽しみにしてて！」

「……そうだな。うん、楽しみだ」

数カ月後、親友が作った料理をみんなで食べるのが楽しみだ。

§§§§§§§§§§§§§§

「日曜日の明日、ここに来るのはやめよう」

梅の下漬けを終えた後、劉生が思いがけないことを宣言してきた。

「明日何か予定でもあるの？」

扇奈が尋《たず》ねると、劉生はそうじゃないとかぶりを横に振った。

「遊ぶ。遊びたい。ゲーセン行きたいカラオケ行きたいビリヤードやりたい」

そう言って、ちょっと怖《こわ》い形相でスマホを握り締め、友達と明日の予定を立て始めた。

この家の修理に情熱を注いでいる劉生としては実に珍しい行動だが、どうやら梅のヘタ取りが相当こたえたらしい。

ちょっと申し訳ないことをしたなと思わなくもない。

だが、梅干し作りの経験ゼロの自分一人ではいつ終わるのか見通しさえつかなかった。

なので、扇奈とは全く接点がない友人と遊びの予定を組んだのは面白《おもしろ》くはなかったが、劉生や奏たちに手伝ってもらわざるを得なかったのだ。

文句を言う気にはなれなかった。

ただ、それはそれとして、明日私は何をしよう？　という喫緊《きつきん》の問題が生じてしまう。

普段《ふだん》なら何も考えずに劉生と一緒、という予定を立てればいいが、明日の劉生の友達グループに混ざろうとは思わない。犬の群れの中に猫《ねこ》が紛《まぎ》れ込むようなものだ。扇奈も嫌だが、劉生もさすがに遠慮してほしいだろう。

「明日、どうしようかなぁ」

梅を漬《つ》けたばかりのツボを見つめながら考える。

特にしたいことはない。すべきこともない。

家でゴロゴロしながら、ネットで新しいレシピでも探すくらいしか思いつかない。女子高生としては、素敵な休日とは言い難《がた》い過ごし方だ。

「けど、まあ、たまにはいいかも」

最近、劉生と一緒におじいちゃんの家に行って、なんだかんだとバタバタとしながらも充実《じゅうじつ》した時間を送っているから、中身のない休日を過ごすというのはずいぶん久しぶりだ。家でゆっくり休むのもきっと悪いことじゃない。

扇奈が、自分にそう言い聞かせた時だった。

扇奈と劉生の二人をぼんやり眺《なが》めていた奏が、チョイチョイと背中をつついてきた。

「扇奈さん、明日の予定は空白ですか？」

「え？　あ、うん。劉生は明日他の友達と遊びに行くみたい。だったら私一人でここに来てもなーって感じ。あ、奏はここでミシン使いたい？　気にせず使ってくれていいよ」

「いえ、そこはお気遣《きづか》いなく」

奏は少し思案した後、

「この間ちょっとランジェリーショップに行こうって話をしたじゃないですか。よろしければ、明日行きませんか？」

「私と？　あれ、本気だったの？」

ちょっと前にそんな話をしていたのは記憶《きおく》している。だが、あれは話の流れの思い付き程度のものだと思っていた。だからこそ、劉生をからかうネタにもしたのだ。

だが、明日の予定を提示してくる奏の顔には、冗談なんて欠片《かけら》も見当たらない。

力強く頷き、

「はい。ああいうお店行き慣れていないので、同行してくださると心強いです」

「それはまあ、別に構わないけど」

特に断る理由も見当たらない。

扇奈は深く考えることなく、ＯＫサインを出していた。

大して考えることなく安請《やすう》け合いしたはいいものの、よくよく考えてみれば、劉生以外の人間とお出かけするなんて、何年ぶりのことだろうか。

友達ゼロで両親が多忙《たぼう》な扇奈は、一緒にお出かけする相手なんて皆無《かいむ》だ。

「女友達とウィンドウショッピングって、すごく女子高生っぽいよね」

伏見扇奈という少女はまごうことなき女子高生だが、一般的《いっぱんてき》なそれとは少々ズレているのも自覚している。そんな自分が、ものすごく女子高生っぽいことをするのだと思うと、緊張《きんちょう》してしまった。

翌日の昼過ぎ、駅前で待ち合わせをすると、奏は約束の時間きっちりにやってきた。

「こんにちは。今日はよろしくお願いします」

「うん、こちらこそ」

少しだけ息を切らしている奏の恰好《かっこう》は、柄《がら》がないTシャツにふんわりとしたロングスカートというシンプル極《きわ》まりないものだった。休日におじいちゃんの家に来る時に何度か見かけたことがある。彼女《かのじょ》の私服はだいたいこれらしい。

対する扇奈は、制服の上にダボダボのサマーセーターというういつも通り過ぎるいで立ちだった。

色々考えて悩《なや》んだのだが、結局これが一番無難だろうと結論付けたのだ。扇奈の持っている服は大別して、劉生と一緒の時用の服と、一人で出かける時用の服の二種類しかない。劉生と一緒の時用のはそれなりにオシャレで露出《ろしゅつ》があったりするものだが、それは劉生にだけ見せたいのであって、その辺の通りすがりの男やナンパ目的のヤロウに見せるためのものではない。一人で出かける時用のは、地味で野暮《やぼ》ったく、とにかく目立たないのが目的の服なので、はっきり言えばダサい。さすがに奏と一緒に出掛《でか》ける時に着るのは躊躇《ためら》われてしまう。

結果として、友達とお出かけする時なんて完全に想定外で用意がなかった扇奈は、いつもの制服姿くらいしか選択肢《せんたくし》がなかったのだ。

「では、行きましょうか」

「うん」

連れ立って歩き出す。

奏は駅前にあるショッピングモールを指さし、

「あそこに行こうと思っています。どうやら、あそこにみなさんよく買い物に行かれているみたいなので」

「そうなんだ。うん、私もよく知らないし、任せるよ」

二人揃《そろ》って、一般的な女子高生がどこで買い物をしているのかよく知らない。

「そういえば、今日はお付き合いくださり、ありがとうございます」

歩きながら奏がぺこりと頭を下げた。

「どうしても実地で色々見て回りたくて。でも、わたしはランジェリーショップとか行ったことがなくて。お恥ずかしい話なんですが、下着とかはいつも母が買ってくるので、自分で買ったことがないんです」

「それを言ったら、私もお店で買ったことなんかないよ。いっつもネットで買ってる。店員にあれこれ話しかけられるとか嫌《いや》だし」

「服屋の店員さん、それがお仕事なんでしょうけど、話しかけられると緊張しちゃいますよね。買う目的じゃなくて見るのが目的だとなおさら」

「そうなんだよね。わかるわかる。だから私もネットばっかり」

そんなことを言ってしまう二人なので、女子高生としては情けないことにランジェリーショップの店の前に立った時、揃って緊張した面持《おもも》ちになり、足を止めてしまった。

「なんだか、見えないオーラがある気がします」

奏の呟《つぶや》きに、思わず同意したくなってしまう。

ランジェリーショップの存在はもちろん知っていたし、店頭をちょっと覗《のぞ》いたことくらいはある。だが、店内にきちんと入ったことは一度もなかった。

「と、とにかく入ろっか」

本音を言えば、回れ右をしたくなっていたが、それでは奏に申し訳なさすぎる。勇気を出して、店内に足を踏《ふ》み入れる。奏も、不安そうな顔をしつつもそれに続いた。

「……なんか、すごい」

ランジェリーショップは女性のためのお店で、自分は女性である。ランジェリーショップに入るのは自然なことで何の問題もない。

だというのに、ランジェリーショップに入った途端《とたん》、自分がものすごく場違《ばちが》いな人間のように思ってしまった。

明るい店内、色もデザインも様々な女性用下着の数々、ばっちり化粧《けしょう》を決めたお洒落な店員さん、楽しげに品定めをしているお客の女の子たち。

何もかもが扇奈にそぐわない。落ち着かない。

何も悪いことをしていないのにいたたまれない気分になってきた。

「女の子ーって感じがものすごくするね、ランジェリーショップって」

ひどく漠然《ばくぜん》とした感想だが、それが扇奈の正直な感想であった。

「わかります、それ」

まぶしいものを見るように目を細めながら、キョロキョロしている奏も賛同してくれた。

「とにかく、適当に見て回ろっか」

そのために来たのだ。

「それでは、あちらの方を見ていいですか」

休日なので店内はかなり賑《にぎ》わっている。女の子たちの間をすり抜けるようにして、奏が指さしたコーナーに辿《たど》り着く。

「これだけあると、圧巻ですね」

ランジェリーショップに行こうと言い出した奏が、興奮気味にそう言った。

「そだね」

扇奈も女の子だ。これだけたくさんの可愛《かわい》い下着を目の前にすると、はしゃぎたい気分になる。

実は、ちょっと前まで下着、特にブラジャーにはまるで興味がなかった。というか、興味を持ちたくなかった。

中学時代、扇奈は急速に成長した。特に胸の成長は自分でも驚《おどろ》くほどで、どんどん大きくなっていった。重くなって、動きにくくなるし、肩《かた》こりはするしで、最初から嬉《うれ》しくなかった。さらにそれだけにとどまらず、男子には気持ち悪い目で見られるようになり、女子にはやっかまれていじめられるようになってしまった。いいことなんて一つもなかった。

なんでこんな体に生まれたんだと親を恨《うら》み、自分の体を嫌悪《けんお》するばかりだった。

当然、嫌悪の対象である胸を保護するためのブラジャーにも、関心なんか持てるはずがない。サイズさえ合えばなんでもいいやとデザインなんて見ないで、茶色やベージュといった地味でダサいブラジャーばかり身に着けていた。

そんなブラジャーに対する認識《にんしき》を改めたのが、劉生への恋心《こいごころ》だ。

劉生を振《ふ》り向かせようと決意した時、大嫌《だいきら》いだった自分の胸が大きな武器になると気づいた。そして、ブラジャーは、その武器の攻撃力《こうげきりょく》をさらに高めるアイテムなのだと知った。

可愛いブラジャーを着けた胸をチラチラ見せると、劉生がドキドキしてくれる。顔を真っ赤にして恥ずかしがってくれる。

あの時の劉生の可愛さったら！

もっと早くにやっておくべきだったと思い切り後悔《こうかい》し、それからは可愛い下着にも興味を持つようになり、ネットで色々調べて研究するようにもなった。

「やっぱりピンクが多いかなぁ。でもピンクって膨張色《ぼうちょうしょく》なんだよね。劉生がどう見てくれるか……」

トルソーが着けているフリフリの下着のセットを眺めつつ、考《かんが》え込《こ》む。

その間に、奏も興味のある下着をいくつかピックアップしていた。

「扇奈さん、そこに立ってください」

言われるままに直立の姿勢になると、奏は真剣な表情で扇奈の胸にブラジャーを当てがって、どんな具合になるのか品定めし始めた。

「やはりこういう風に色々見て回れるのはお店のいいところですね。非常に参考になります。ネットは便利ですが、実際に見て触《さわ》らないとわからないことも多いですから」

ブラジャーをとっかえひっかえしながら、嬉しそうだ。

「やっぱり、奏は服とか下着とかが好きなんだね」

「そうですね。体にピタリとフィットする衣服というのは、作るのが難しいですから、それだけやりがいを感じますし、うまくできた時は達成感があります」

真っ赤なブラジャーを胸に当てられつつ、扇奈は少し顔を曇《くも》らせた。

「ということは、最近は迷惑《めいわく》じゃない？　カーテンとか布団《ふとん》とか服ですらないものを作ってもらっているし」

元々奏をおじいちゃんの家に招いたのは、足踏《あしぶ》みミシンを使って彼女のやりたいことを応援《おうえん》したいという気持ちからだった。なのに、足を引っ張るようなことになっているのだとしたら申し訳ない。

すると奏はブンブンと大きく首を横に振り、

「そんなことはないですよ！　この前も言いましたが、あんな大物を作る機会なんてなかったですから、すごくいい機会をいただけたと思っています」

「そっか。ならいいんだけど」

「今度、劉生君と協力して食卓《しょくたく》カバーを作ろうって思ってるんです。家庭科の教科書に載っているじゃないですか。ラップがなかった昭和の時代に使われていた、ハエ除《よ》けのための、レースの傘《かさ》みたいなの」

「家庭科の教科書では覚えがないけど、そんなのおじいちゃんが使っていた、かも」

ラップと違《ちが》って何回も使えるからこっちの方がいいんだ、と作り置きの煮物《にもの》やカレーの上にかぶせていたメッシュの傘みたいなのを見た覚えがある。きっとあれのことだろう。

「あったら便利かも。楽しみにしているね」

「はい、お任せを！」

奏はにっこりと笑い、自分の胸を叩《たた》いてみせた。

それから扇奈は奏の気が済むまでブラジャーを胸に当てられ、いくつか気になったものは実際に試着もさせられた。他の人の目もあったせいで疲《つか》れもしたが、楽しかったのもまた事実だった。

劉生と一緒《いっしょ》にいる時とはまた別種の楽しさや充実感が感じられた。

それは奏も同様だったらしく、ランジェリーショップを後にした時、満足気な笑顔を向けてきた。

「今日はありがとうございます。色々参考になりました。それに、すごく楽しかったです。わたし、こういう風に休日にお友達とお出かけするなんて、生まれて初めてのことですから」

「私も、劉生以外とは本当に久しぶり」

と、好きな男の子の名前を口にして、あいつは今頃《いまごろ》何をしているんだろうとふと思いを馳《は》せる。ゲームをしているのか、カラオケで熱唱しているのか、それとも誰《だれ》か友達の家でのんびり話をしているのか。

「そういえば、最近劉生君との関係はどうですか？」

劉生のことを考えているのが透《す》けて見えたのか、奏がそんなことを聞いてきた。

「どうって別に……。ひょっとして奏、気になるの？」

意外な問いに驚き問い返すと、奏は気になりますと素直《すなお》に肯定《こうてい》した。

「ゴシップ的な好奇心《こうきしん》かもしれませんが。最近、智也君がお二人について色々話してくれるんです。それで少し興味を持ちました」

「アイツめ……！」

いつもニコニコしていて人畜無害を装《よそお》っている少年の顔を思い出し、苦々しい表情になる。扇奈と劉生のいないところで、いつの間に奏に吹《ふ》き込んでいたのだろうか。

じーっと見上げてくる視線に耐《た》えきれなくなり、正直に答えることにする。

「あいにくだけど、なぁんにもないの。色々やっているつもりだけど、暖簾《のれん》に腕押《うでお》し糠に釘。全然手応えがなくって」

思わず、歩きながら派手なため息をついてしまう。

おじいちゃんの家であれこれするようになって、少しは関係が進展するかと期待した。また、進展するように扇奈なりに頑張《がんば》っているつもりなのだが、どうも結果は芳《かんば》しくない。

「家の修理の方に気がいっちゃって、私の方にはあまり関心がないのかも」

自分で言っていて悲しくなるが、劉生の性格を考えると、十分ありえてしまう。

しかし隣《となり》を歩く奏は、口元に手を当てながら首をひねった。

「そう、ですか？　でも、わたしの目には……」

と、何かを言いかける。しかし、自信がないのか、かぶりを振って言いかけた言葉を飲《の》み込んだ。

代わりに、ポンと軽《かろ》やかに両手を合わせ、

「確かに手ごたえがないと不安になりますよね。そうだ、わたし、お二人の仲を応援するためにいいものを作ります」

「いいもの？」

「秘密です。でも、きっと役に立ちますよ」

いたずら心でも芽生えたのか、奏は唇《くちびる》に人差し指を当てて内緒《ないしょ》のポーズをしてみせた。

なんだろ？　ものすごーくエッチな下着とかかな？

扇奈は扇奈なりにあれこれ考えてみたが、結局それが何なのか答えはわからなかった。

ランジェリーショップを後にした二人は色んなお店を見て回った。

女性向け服屋ももちろん行ったし、雑貨屋や文具店にも行った。手芸店にも足を運んだし、調理器具を扱うフロアもウロチョロした。

男物の服を扱うお店にも行ってみた。ランジェリーショップ以上に勇気が必要だったが、奏と手を握り合って、エイッ！　と飛び込んだ。頑張ったおかげで奏は劉生の服作りの参考になると大いに喜んだし、扇奈もこんな服を劉生に着せたらどうだろうとかあっちの服なんか似合うんじゃないかなと妄想《もうそう》するのはなかなかに楽しかった。

途中《とちゅう》、扇奈が気になっていたカフェでお茶もした。ベーグルサンドが評判で、食べてみたいと思っていたのだ。こちらは扇奈の料理のために大いに役に立ったし、奏もこんなの生まれて初めて食べましたととても喜んだ。

あちこちお店を巡《めぐ》って、カフェでお茶をする。

それは世間の女子高生たちがごく当たり前にしていることだろう。

だけど、扇奈はこれが初体験だった。

楽しかった。劉生以外の人間と行動して楽しいと思うなんて自分でも驚きだが、この休日はとっても楽しかった。

だから、夕暮れになり、そろそろ帰らなくてはならない刻限になると、なんだか名残惜《なごりお》しいとさえ思ってしまった

「扇奈さん、今日は一日お付き合いくださり、ありがとうございました。とても有意義な一日でした」

駅前に来ると、奏がぺこりと頭を下げてきた。

「いい経験ができましたし、楽しかったです」

「ううん、こっちこそありがとう。私も楽しかった」

「わたし、こういう風にお友達と休日を過ごすなんて初めてのことだったので、一日中ワクワクしっぱなしでした」

と、ふんわりとほほ笑《え》む。その姿は、女の扇奈の目から見ても可愛かった。

「そっか、奏もこういうことしたことがなかったんだ」

「親が色々口出しをしてきますから」

「今日は大丈夫だったの？」

「図書館に行くと言って出てきましたから」

奏は親が過干渉《かかんしよう》気味で、満足に友達作りもできなかったと聞いている。扇奈も、中学時代以降、劉生以外に友達と呼べる存在は皆無だった。

似ている、とつくづく思う。

趣味《しゆみ》も性格も見た目も全く異なるが、扇奈は奏にシンパシーに近いものを感じていた。

だからこそ、曾祖母《そうそぼ》が愛用していた足踏みミシンを貸したのだ。

「私もさ、劉生以外とお出かけなんて小学生以来だったんだ。二人とも、初めての女子高生らしい休日だったんだね」

「女子高生らしい、ですか」

扇奈の言い回しがツボに入ったのか、奏はクスクスと笑い始めた。

「わたしたち、れっきとした女子高生なんですけどね」

「ホントにね」

扇奈も笑った。

扇奈にとって、劉生と一緒にいる時が一番楽しく、一番幸せな時間だ。それは何があろうと揺《ゆ》らぐことがない。だが、この奏といる時も悪くないと最近思える。

同性ゆえの気楽さ、とでも言えばいいのだろうか。劉生と一緒の時とは別種の安らぎや気安さを感じられる。そこに優劣《ゆうれつ》はなく、比べるものではない。劉生と一緒の時はたくさんのスイーツに囲まれたみたいな多幸感があり、奏の時は家の庭で日向《ひなた》ぼっこしているような落ち着きがある。

「また一緒に遊ぼうね」

だから、この言葉がするりと自然に言えた。

「はい、是非《ぜひ》お願いします」

奏も、そう言ってくれた。

「今度は民族衣装《いしょう》のお店に行ってみよっか」

「それいいですね。劉生君に着ていただく服のバリエーションが増えます」

扇奈が思いつきを口にすると、奏は嬉しそうに笑ってくれた。

「スコットランドのキルトとかメキシコのポンチョとか着てほしいかも」

「わたし、スペインの闘牛士《とうぎゅうし》の衣装とか似合うと思うんです。ピタッとしていますから」

「あー、似合うかも。それ見てみたい」

劉生をネタにして、ひとしきり盛り上がる。

「――あ、いけません。門限にひっかかってしまいます」

ほんのちょっと立ち話しただけのつもりだったが、いつの間にか日は沈《しず》みかけていた。

「そろそろ帰りますね。今日は本当にありがとうございました。すごく有意義で楽しい一日でした」

「こちらこそありがとう」

それでは、と一礼して奏は帰っていった。

……うん、楽しかった。

扇奈にとって、大好きな劉生に会えない日はつまらない日だ。勉強したり、料理の練習をしたり、ネットで可愛い服や下着を探したりして、有意義な一日だったとしても、楽しいと思うことはない。

でも、今日は劉生抜《ぬ》きでも楽しかった。

遠ざかっていく奏の後ろ姿に、いつまでもバイバイと手を振り続ける。

小柄《こがら》な少女の姿が人ごみに紛れ見えなくなって、扇奈はスマホを取り出した。パッパと慣れた手つきで操作する。

「――あ、もしもし、劉生？ 今平気？ ――え？ 麻雀《マージャン》中？ そっか、まあいいや。聞いて聞いて！ あのね、さっきまで奏と一緒に駅前で遊んでたんだよ！ ――失礼だなぁ、私と奏だってそれくらいはできるよ。何したと思う？ すごいよー、ランジェリーショップに行って、服屋に行って、カフェに行って――」

嬉しいことがあって、それを一番に伝えたい相手は好きな人だと何かで読んだ記憶がある。

今、扇奈は劉生に今日一日のことを話《はな》したくて仕方がなかった。

2章　れいにー・うぉー

六時間目の授業が終わり、いつものように隣の教室から扇奈《せんな》がやってきたのだが、その顔は曇り顔だった。

「なんかさぁ、天気があんまりよくないんだけど」

言われて、劉生《りゅうせい》は窓から空を覗いた。

午前中の体育の時間には青かった空が、いつの間にか灰色に塗《ぬ》り潰《つぶ》されている。いつ雨が降ってもおかしくない空模様だ。

「ホントだな。今日はあの家に行くの中止にするしかないか」

旧伏見《ふしみ》家まで自転車で三十分近くかかる。その間に雨が降ってしまったら、濡《ぬ》れ鼠《ねずみ》になるのは確定だ。残念だが、無理はしない方がいい。

「となったら、今日は何する？　俺《おれ》は近所のコンビニで立ち読みでもするか、智也《ともや》のホムセンに行って時間を潰そうと思うんだが、扇奈はまっすぐ帰るか？」

教室を見回すが、すでに智也の姿はない。早々にアルバイト先に向かったようだ。

今なら追いつくかもしれないと教室を出ようとしたが、扇奈が制服の袖《そで》を掴《つか》んでそれを邪魔《じゃま》してくる。

「ダメダメ。私、昨日の天気予報を信じて洗濯物《せんたくもの》干しっぱなしなんだもん。せっかく洗ったのに、雨に濡れたら全部台無しになっちゃうよ」

ここ数日、雨が続いていて、たまりまくった洗濯物を昨日まとめて洗濯したところだった。あの家には洗濯機《せんたくき》という文明の利器がなく、劉生お手製の洗濯板《せんたくいた》で昔話に出てくるおばあさんのようにゴシゴシとやっている。あの労働が無駄《むだ》になってしまうのは確かにきつい。

だが、かと言って、洗濯物のために自分がずぶ濡れになってしまっては、本末転倒《ほんまつてんとう》もいいところだ。

「晴れたらまた洗い直せばいいんじゃないか？」

俺も手伝うから、と言ったのだが、扇奈はブンブンと首を横に振り、

「奏《かなで》が作ってくれた服もあるの」

「あー……」

思わず、天井《てんじょう》を仰《あお》ぐ。

奏は、そんなこと気にしなくていいですよ、と健気《けなげ》に言ってくれるだろう。しかし、彼

女が一生懸命《いっしょうけんめい》作ってくれたのを、劉生も扇奈もよく知っている。そんな服を、雨でぐしょ濡れのみすぼらしい姿にしてしまうというのは、想像するだけで胸が痛む。

「仕方がない。全速力で行くか。サッと行ってサッと取り込んで、サッと帰る」

今にも雨が降ってきそうだが、まだ雨は降っていない。自転車を飛ばせば何とか間に合うかもしれない。

「それしかないね。じゃあ、急ご！」

扇奈が駆《か》け出し、劉生も慌《あわ》てて後を追う。

「にしても、最近の天気予報って全然当たらないよねぇ。なんか、毎日チェックしているのがバカバカしくなっちゃう」

隣を走る扇奈が湿《しめ》っぽいため息をついた。

「ぼやくなよ。これぱっかりは仕方ない」

「だってさぁ、この前も雨降るっていうから外出中止したのに、思い切り晴れちゃったことあったし」

「百パーセント的中したら、予報じゃなくて予言になるだろ」

気象予報士への文句をブツブツ言う扇奈をなだめながら、廊下《ろうか》を走る。

幸い教師に目撃《もくげき》されることなく駐輪場《ちゅうりんじょう》に到着《とうちゃく》し、隅《すみ》に押《お》し込んだ長年愛用しているシテイサイクルにまたがることができた。

「よし、そんじゃ飛ばすか」

「おー」

いい加減通い慣れた道だ。旧伏見家を拠点《きょてん》にしようと決めた当初はどんなに頑張っても三十分以上かかっていた道のりを、二人は二十分ちょっとで走破した。実に素晴《すば》らしい速さだ。

だが、そんな速度で飛ばしても、桜ヶ丘《さくらがおか》の坂を上っている途中でハンドルを握る手にポツポツと冷たい滴《しずく》が落ち始めた。

「あ、降ってきた」

「急げ扇奈！」

「急ぐのは劉生の方だけどね。お先にー」

「くそがあああ！　電動自転車、マジでうらやましい！」

自転車から降りて押す劉生の横を、自転車に乗ったままの扇奈がスイーと追い抜《ぬ》いていく。

ゼーゼーと息を切らしながら旧伏見家に到着した時には、すでに扇奈は洗濯物の取り込みを始めていた。

「劉生はタオルとか取り込んで！　私は服とか取り込んでるから！」

「了解《りょうかい》！」

二人がかりで物干し台と縁側《えんがわ》の間をバタバタと何度も往復して、大量の洗濯物を回収していく。

「なんとか間に合った、か？」

縁側のこんもりと築かれた洗濯物の山を見て、一息つく。

「うん、まあ、これくらいならセーフでしょ」

その山に腕《うで》を突《つ》っ込んで濡れ具合《ぐあい》を確認《かくにん》した扇奈が指で丸を作って見せた。

「そっか、なら急いだ甲斐《かい》があったな」

やれやれと安堵《あんど》の息をついて、畳《たたみ》の上に座《すわ》り込むと、扇奈もぺたりと隣に腰《こし》を下ろした。

「久しぶりに飛ばしたねー。汗《あせ》かいちゃった」

「お前はそんなの着てるからってのもあるだろ」

「そだね。脱《ぬ》ごっと」

と、扇奈がダボダボで全然サイズが合っていないサマーセーターを脱ぐ。

ざっくりと編まれたサマーセーターは、着ている人間を雨から守護する任務には不適格だったようだ。夏服のブラウスは思ったよりも濡れていて、平均をはるかに上回る大きな膨《ふく》らみがはっきりくっきり見えてしまう。

「あー、ちょっとは涼《すず》しくなったかな」

そのことに気づいているのかいないのか、第一ボタンをはずしたブラウスの襟元《えりもと》を摘《つ》まんでパタパタと胸に風を送り始めた。そしてそのたびに、明るい黄色がチラチラと視界に入ってくる。

その黄色を見ないように扇奈から視線をそらしつつ、

「そういえば、この家には涼《りょう》を取るためのものが何にもないな。団扇《うちわ》くらいあった方がいいかな」

「バッテリで動く手持ち扇風機《せんぷうき》とかあるじゃない。あれは？」

「あー、それでもいいな。安かったらだけど、買いたいな」

この家ではクーラーなんて望むべくもないが、せめて扇風機くらいは欲しい。

劉生があっさり了承《りょうしょう》すると、扇奈は意外そうに、

「あれ珍《めずら》しい。てっきり買うのもったいないから作る、とか言い出すと思ったのに」

「あのなぁ、扇風機とか作りだしたら、大工仕事とか工作とかＤＩＹとかそういうレベル超《こ》えているだろ」

配線がどうのこうのとなると、工業科の高校生ならいざ知らず、何の知識も持っていな

い普通科《ふつうか》の高校生では手に余る。配線を間違《まちが》えて発火するなんて事態も恐《おそ》ろしいので、家電系には手を出さないと決めていた。

「そっか、そだね」

扇奈があははと笑う。

「にしても、本格的に降り出したな。どーすっかなぁ」

夏の暑さ対策も問題だが、それよりもこちらの方が喫緊《きっきん》の課題だ。

自転車を走らせている途中から半ば覚悟《かくご》していたが、雨は本降りとなっていて、屋根を叩く雨音はなかなかに騒々《そうぞう》しい。

「どうするって言っても、どうしようもないんじゃない?」

少し濡れたサマーセーターをハンガーにかけながら扇奈が気軽に言う。

「何を悠長《ゆうちょう》なことを」

劉生たちが選べる選択肢は多くない。

一つは、濡れるのを覚悟して自転車で帰るだが、当然この選択肢は選びたくない。これだけのザーザー降りの中、合羽《かっぱ》も着ないで自転車を三十分も走らせればびしょ濡れになるのは確実だ。劉生は濡れ鼠になって風邪《かぜ》なんか引きたくない。

もう一つは、自転車をここに置いて、バスで帰る、だ。これが一番現実的な案なのだが、本音を言えば、この選択肢も選びたくない。バス代という余計な出費をしてしまうからだ。数百円という金額だが、それでも月五千円の小遣《こづか》いしか収入がない高校生としては躊躇いを覚えてしまう。特に、この旧伏見家の修繕《しゅうぜん》のために色々物入りになってからは、財布《さいふ》の中身をものすごく気にするようになってしまった。それに、バス停は桜ケ丘《さくらがおか》の下の道路を走っている。傘も合羽もなしにバス停まで行けば、そこに着くまでに濡れ鼠になってしまう可能性は高い。

「せめて、もう少し小降りになってくれたらありがたいんだけどな……」

どうしたものか、と腕を組んで考えていると、扇奈が電灯代わりにしているＬＥＤランタンのスイッチを入れながら、

「ねぇねぇ、いっそここに泊《と》まるっていうのはどうかな？」

などと冗談《じょうだん》めかして言い出した。

「ダメだ」

それは、選んではいけない第三の選択肢だ。

「えー、一回くらいお泊《とま》りしてみよーよ。考えたら、私たち、泊りで遊ぶとかしたことないよね」

「そりゃ、お前……」

男の劉生と女の扇奈が泊りというのは、いくら親友というポジションでも色々憚《はばか》られる。多分、それが許されるのは幼稚園児《ようちえんじ》か小学校低学年くらいまでで、その頃《ころ》二人は知り合ってすらいない。

「さらに考えてみたら、私って誰かとお泊り会ってしたことないなぁ。劉生はある？」

「ある。智也たちと徹夜《てつや》でゲームしたり麻雀したりたまにやってる」

「あー、そういうのいいねー。麻雀はできないけど、劉生と一晩中ゲームするとかおしゃべりするとかしてみたいかも。きっと楽しいよね」

二人だけのお泊り会を想像したのか、扇奈の顔がほころぶ。

扇奈の言う通り、それは楽しいだろう。だが、それ以上に心中穏《おだ》やかではいられないだろう。

劉生のそんな複雑な心境など少しも気づかない扇奈は、我ながら名案を思いついたと言わんばかりに手を叩き、

「ね、ね、ホントに今晩お泊りしてみようよ！　一晩くらいなら、なんとかなるでしょ？」

と、無邪気《むじゃき》な顔で言ってくる。

多分これは、本当に面白《おもしろ》いアイディアを思いついた、それだけで言っている。

だが、さすがにそれはまずい。

両腕《りょうで》で大きくバツを作りつつ、

「明日も平日で学校あるんだから、泊りなんて不可能だろ」

「できないことないよ。ねえってばー」

却下《きゃっか》されると、扇奈が頬《ほお》を膨らませて拗《す》ね始めた。

彼女《かのじょ》の言う通りできなくもないだろうが、だからといって本当にするのは非常によろしくない。

なので、素早《すばや》くデメリットを探して提示する。

「明日の弁当の支度《したく》もここでできるのか？」

「……それはさすがに無理、かな」

扇奈は土日祝日を除く平日に、自分と劉生の弁当を作ってくれている。この弁当作りは彼女の料理作りの原点といえることだ。これを疎《おろ》かにするなんてありえない。

二発目三発目のデメリット材料を考えていたが、それを披露《ひろう》する前に扇奈は大人しく引き下がった。

「しょうがない、お泊りはまた別の機会にしよっか。でも、そうすると、どうするの？雨の中帰る？」

「いや、作業しながら少し待ってみよう。ひょっとしたら、雨が止《や》むかもしれない。天気予報が外した雨ってことは、通り雨の可能性もあるわけだろ」

そう言いつつ、この雨は通り雨じゃないな、と内心覚悟していた。

結構降り方が強いし、西の空は真っ黒い雨雲が完全に支配している。どう見ても一時間や二時間で止まない雨だ。

「そだね。せっかく来たんだし。私はとりあえず納屋《なや》に傘がないか探してみる。そしたら万事《ばんじ》解決でしょ」

分の悪い提案を受け入れた扇奈は、土間の方に下りていった。

「劉生は洗濯物《せんたくもの》畳《たた》んでくれる？　私じゃグチャグチャになっちゃうし」

「了解」

扇奈の要請《ようせい》に従い、縁側にこんもりと積み上げられた洗濯物の山に向き直る。

別段劉生も洗濯物畳みのプロというわけではないが、扇奈のように不器用ではないし、家で母親の手伝いでやることはある。なので、チャッチャと手際《てぎわ》よくタオルやTシャツを畳《たた》んでいく。

半ばオートで畳《たた》みつつ、どうでもいいことをぼんやりと考える。

今日は黄色、か。女子の下着ってカラフルだな。

先ほどチラチラと見えた鮮《あざ》やかなレモンイエローが脳裏《のうり》に浮《う》かぶ。

もちろん男の下着でもカラフルなものはあるが、華《はな》やかさとか、明るさとか、派手さとか、そういうものでは全く別次元な気がする。本来、他人には見せない下着にもかかわらず、あんなにオシャレということは、女の子という生き物が生粋《きっすい》のオシャレということなのだろう。

と、そこまで考えて、無心で動かしていたはずの手がピタリと止まる。

この洗濯物の中には、下着なんて入ってないよな……？

この家での洗濯はもっぱら奏、そしてそれを手伝う形で扇奈がやっている。劉生は基本的にノータッチだ。せいぜい雑巾《ぞうきん》を洗うくらいである。衣服担当の奏が、男子が力を込めて洗濯すると生地《きじ》が痛むからしないでくださいと禁止しているのだ。

なので、劉生はこの洗濯物の山に何が潜《ひそ》んでいるのか知らない。ひょっとしたら、扇奈のブラジャーやパンツがこの山の中に潜伏《せんぷく》しているかもしれない。

「いやいや、さすがにそれはない、よな」

頭をブンブンと振って、思《おも》い浮かんだ考えを否定しようとする。

最近この家は智也や椋子《りょうこ》なんて人間もちょいちょい顔を出すようになった。特に、多少は話すようになったとはいえ、劉生以外の男子には心を閉ざしている扇奈が、智也の目に触《ふ》れる危険があるところに自分の下着を晒《さら》すなんて考えにくい。

まさかまさか、だ。

だが、あの少女は変なところで迂闊《うかつ》でおっちょこちょいなところがある。うっかりまとめて洗ってしまった、なんてことをやっているかもしれない。

母親のならいざ知らず、姉妹《しまい》でも親戚《しんせき》でもない少女の下着を自分が手にしていいのだろうか……？

考えすぎなのはわかっている。だが、先ほど見えてしまった鮮烈《せんれつ》な黄色が、どうしても脳裏でちらつき消えてくれない。

ここ最近、なぜか扇奈の下着を見る機会は多い。しかし、だからと言って慣れているわけではない。そもそも、見るのと触るのとでは全然意味合いが違ってくる。純情な十代の少年としては躊躇《ちゅうちょ》してしまうのは当然だ。

「劉生、どうかしたの？」

どうやら傘は見当たらなかったらしい。空手のまま戻《もど》ってきた扇奈が、洗濯物の山の前で動きを止めている劉生を怪訝《けげん》に思い、傍《かたわ》らに寄ってくる。

「いや、別に……」

口ごもる。お前の下着があったらどうしようと困っている、なんて言えない。

言えないが、こういう時だけは、やたらめったら聡《さと》い少女である。

「ははぁん」

両手を宙に浮かした姿勢で困り顔の劉生を見て、すぐにピンと来たようだ。にんまりと笑いだす。

「ひょっとして、私の下着があったらどうしよう、とか思っちゃってる？」

ドンピシャ、的のど真ん中を一ミリも違えることなく射貫《いぬ》いてくる。

この女は……！

劉生が睨《にら》んだことにより、扇奈も自分の予想が当たっていると確信したようだ。

こちらを見下ろしながら、楽しげにピタピタとこちらの額を叩き始めた。

「そっかそっか、そうなんだー。劉生も可愛《かわい》いところあるよねぇ。私の下着触っちゃったりしたらどうしよう！　なんて思っちゃったんだぁ」

劉生は言われるままに懸命《けんめい》に耐えた。ここでどう反論しようと、さらにいじられるのは過去の経験から十二分に理解している。

「普段《ふだん》はすました顔で『そんなもの見せるな』とか『恥《は》じらいはないのか』とか『お前のなんか見たって』とか言ってたくせに、内心じゃすごく意識してたんだー」

ピタピタ額を叩く速度が段々速くなっていく。

「まぁねぇ、劉生もオトコノコだもんねー」

「…………！」

耐えろ。調子に乗った嵐《あらし》はいつか収まる。だからそれまで耐えろ俺。

そんな風に一生懸命自分をなだめ続ける。

ところが、劉生の額を何かのボタンと勘違《かんちが》いしているんじゃないかレベルで連打していた扇奈が、ムカつく笑顔《えがお》のまま、とんでもないことを言い出した。

「ねぇねぇ、見たい？」

「は……⁉」

それまで必死に無言を貫《つらぬ》き、目線を合わさないようにしていたが、思わず扇奈の顔を凝《ぎょう》視《し》してしまった。

「劉生、私の下着気になっちゃってるんでしょ？　ちょっとだけなら見せてあげよっかなって」

雨と汗で少し濡れているブラウスの胸元《むなもと》をちょっと摘まんで見せる。ブラジャーそのものは目に入らなかったが、黄色いストラップはチラリと見えてしまった。慌てて目をそらす。

「お前、何をバカなことを言ってんだ！」

扇奈が劉生をおちょくるために過激なことを言ったりやったりすることはままあるが、

これはトップクラスにストレートだ。

「そんなの、ホイホイ見せるようなもんじゃないだろうが！」

劉生の言葉はほとんど悲鳴に近かった。

対する扇奈は楽しそうな笑みを崩《くず》すことなく、

「そりゃもちろん、そうなんだけどさ。でも、見せたら劉生がものすごく恥ずかしがる可愛い顔か、発情したところ見れるんでしょ？　やる価値あると思うんだよね」

「発情って言うな発情って」

親友相手にそんな表情をさらけ出したら余裕《よゆう》で死ねる。

「本当に、お前はこういう時楽しそうだよな……！」

「うん！　今すっごく楽しい！」

劉生の皮肉に、扇奈はとても素敵《すてき》な笑顔で頷《うなず》いた。

時々、この親友をぶん殴《なぐ》ってやりたくなる。

奏という女友達ができて少しは落ち着いたかと思っていたが、全然そんなことはなかった。扇奈の趣味、『劉生をからかうこと』はいまだ健在らしい。

これは、ヤバイ。

直観がガンガンと警鐘を鳴らす。

こういう風に調子に乗っている扇奈は、とにかく始末が悪い。この世で一番扇奈の取り扱《あつか》いに長《た》けていると劉生は自負しているが、それでもこうなったらどうしようもなかった。

ゆえに、するべきことはただ一つ。

サッと立ち上がり、その場からの逃走《とうそう》を開始する。

「あ、ちょっとぉ！　待ってってば！」

待つわけがない。

とりあえず、どこかの部屋に逃《に》げ込《こ》もう。そして立て籠《こ》もっていれば、扇奈も飽《あ》きてやめるはずだ。

「ねぇねぇ劉生待ってよぉ」

当然のように扇奈は追いかけてくるが、構わず居間から廊下に出て奥《おく》にある部屋に向かう。

「まあまあ、ちょっとしたご褒美《ほうび》ってことでいいじゃないの。親友がこれだけ出血大サービスするってなかなかないよ？」

「その結果、お前に延々いじられるんだったら、そんなご褒美はいらん！　俺は自分の誇《ほこ》りを守る！」

「そんな薄《うす》っぺらいプライドなんか大切にする必要ないってー。捨てちゃえ捨てちゃえ」

「男はプライド捨てたら何にも残らないんだよ！」

ドスドスという荒《あら》い足音の後に、パタパタという妙《みょう》に軽い足音が追随《ついずい》してくる。

旧伏見家の廊下は相当傷《いた》んでいる。床板《ゆかいた》は経年劣化《れっか》と湿気《しっけ》のせいでたわんで波打っているし、隙間《すきま》もできてしまっている。そのせいで足音がよく響《ひび》く。ただ歩いているだけなのにうるさい。

そして、弊害《へいがい》はそれだけではない。

「ねーねー劉生ってばー」

普段の扇奈なら、自分が不器用なのを十分に自覚して、足元を気にしつつ歩く。

「素直《すなお》になりなよー」

「お前、だから、何度も何度も何度も言ってるけど、俺をおちょくるために体を張るのやめろって！」

「おちょくるなんてそんな！　劉生を喜ばそうと思って、恥ずかしいのを我慢《がまん》して見せてあげようってしてるんだよ」

「いらん！　お断りだ！」

「遠慮《えんりょ》することないじゃない！」

だが、この時の扇奈は劉生をからかうのに必死で、調子に乗って浮かれていた。

「私のこの海よりも深い優《やさ》しさに感謝しつつ――キャッ！」

楽しげな声が急に悲鳴に転じる。そして、数舜遅《しゅんおく》れてバターン！　と派手な転倒《てんとう》音が後方から聞こえてきた。

「扇奈ッ⁉」

おちょくられている状況《じょうきょう》ではあったが、ほとんど反射的に振《ふ》り返っていた。

「イッターイ！　胸を打ったー！」

そんな嘆《なげ》きを発する彼女は、腹這《はらば》いの状態で倒《たお》れていた。板と板の隙間に足を取られて転んでしまったらしい。元気に痛がっているので大怪我《おおけが》をしているわけではなさそうだ。

そこはまず一安心する。

だが、車に轢《ひ》かれたウシガエルみたいにみっともない恰好《かっこう》を晒している扇奈を見て、驚《おどろ》いてしまう。

「せ、扇奈……？」

「あ、怪我とかないから。平気平気」

まだ自分の状況に気づいていない扇奈が這《は》いつくばった姿勢のまま明るい声で言う。

「いや、あの、な」

どう説明しようか少し考えてしまう。

が、すぐに大した問題ではないと気づき安心する。他の女の子ならいざ知らず、たった今、自分からブラジャーを見せてこちらをからかおうとしていた扇奈なのだ。

うん、こいつなら全然大丈夫だ。

そう考えると、気が楽になった。

「扇奈、スカートがめくれて丸出しになってるぞ」

ハンカチを落としたぞと指摘《してき》するくらいの気軽さで教えてやる。

「え……？」

ぺろーん。

擬音《ぎおん》にすると、そんなところだろうか。漫画《まんが》に出てくるドジっ子みたいに派手にすっころんだ扇奈の制服のスカートが見事にめくれあがっていた。

「はしゃぐのもいいけど、気を付けろよ。ここの床《ゆか》、相当傷んでいるんだぞ」

これが、傷んだ床のもう一つの弊害だ。

「にしても、ベージュって。上と下、色が違《ちが》うことってあるんだな」

てっきり鮮やかな黄色い下着が姿を現すのかと思いきや、めくれたスカートの中から見えてきたのは、地味でダサく、なんともおばさんくさいベージュ色の下着だった。母親が使っているのとすごく似ている。

おまけに、上下が違うとは思ってもみなかった。男からすれば上下セットは当たり前のことと思っていたのだが、必ずしもそうではないらしい。

妙な知識を得てしまったな、などと思っていると、這いつくばったままの扇奈の全身がプルプルと小刻みに震《ふる》え出した。

「み――――」

「み？」

「見ないでええええええええええええええええええええええええええッ!!」

ほんの一分前とは正反対のことを絶叫《ぜっきょう》する。

扇奈のこんな悲鳴、聞いたことがない。とっさに耳を両手でふさいでしまう。

「見ないで！　見るな！　見るの禁止！」

顔を真っ赤にした扇奈がばね仕掛《じか》けの玩具《おもちゃ》みたいに起き上がり、スカートの裾《すそ》を全力で押さえる。

「え、ええ……？」

両耳を押さえたまま、困惑《こんわく》の声を上げてしまう。

ブラジャーは見せつけようとするくせに、パンツはダメらしい。全然意味がわからない。

「違うの違うの違うの！」

そう叫《さけ》ぶ彼女は涙目《なみだめ》になっていた。薄暗《うすぐら》い廊下でもはっきりわかる。

「普段は絶対にこんなことしないの！ いつ見られてもいいようにきちんと可愛い下着を選んで穿《は》いているの！ 上下違うなんてありえないの！ だけど最近雨が続くじゃない⁉ 洗濯物がなかなか乾《かわ》かないの！ かといって、乾燥機《かんそうき》にかけたら生地が傷むから使いたくなくって！ だから、今日は仕方がなくこんなチグハグで地味な色の穿いてきちゃったの‼ 断じていつもこんなみっともないことしているわけじゃないんだから！ 今日だけのことなの！ 本当にたまたまなんだから‼」

「あ、ああ、そう、なんだ」

早口で一気に言い訳をまくしたてられて、気圧《けお》されてしまう。ぎこちなく頷くしかなかった。

だが、よくわからない。

「そんなに騒《さわ》ぐことでもないだろ？」

「騒ぐことよ！ パンツ見られるなんて！ ものすごく恥ずかしい‼」

「たった今ブラジャー見せようとしていたくせに？」

「見せつけるのと見られるのとじゃ全然違うわよ！ しかも、こんなベージュなんて思い切りダサいの！」

「いや……よくわからん」

どちらかと言えば、自ら見せてこようとする方が変態チックで恥ずかしいと思うのだが。

「女の子はいつだって綺麗《きれい》で可愛くいたいのよ！　こんなみっともないところ見られたいはずがないじゃない！」

本気で理解できず首をひねると、頭を齧《かじ》られるんじゃないかという勢いで詰《つ》め寄られた。

わかるような、さっぱりわからないような。

女心はややこしい。

「ええと、そんなに気にすることじゃないだろ。道端《みちばた》じゃなくてよかったと思えよ」

ついさっきまでいじられていた俺がどうして慰《なぐさ》めなくちゃいけないんだと思いつつ、羞《しゅう》恥《ち》で顔真っ赤な扇奈をなだめてやる。

だが、この慰めはお気《き》に召《め》さなかったらしい。

涙目のままギロリと睨んでくる。

「なによそれ……！」

「え」

「私のパンツ見ておいて、どうしてそんなに普《ふ》通《つう》の態度でいられるのよ。もうちょっとドキドキしたり嬉《うれ》しがったりしてよ！　こんなの見せ損じゃない！」

「え、えぇ……?」

そんなことを言われても。

おちょくられている真っ最中にすってんころりんと勝手に転ばれて、いきなりバーンと見えました、なんて風情《ふぜい》もへったくれもない。

いくら思春期真《ま》っ盛《さか》りの男子高校生でも、女性の下着を見たらそれだけで興奮するというものではない。やはり雰囲気《ふんいき》とかシチュエーションとかは大事である。

「ベージュだから⁉ ベージュだからなの⁉ だから言ってるじゃない! 今日たまたまなんだから!」

「多分それだけじゃないと思う」

四月に、洗面所の床に脱ぎたてのパンツを置いておくというとんでもないいたずらをされたことがある。

あの時はものすごくドキドキした。学校でもトップクラスに美人と言われている女の子がガラス戸の向こうで入浴していて、その子がたった今身に着けていた下着が薄暗い空間の中で浮き上がるような存在感を発揮していた。あれも扇奈のからかいの一つではあったが、相当なインパクトがあった。仮にあの時のパンツがベージュだったとしても、劉生は変わらずドキドキしただろう。

だが、今はそういう衝撃《しょうげき》は全然ない。調子に乗った扇奈が勝手にすっころんでパンツが見えてしまった。それだけである。公園ではしゃいでいた幼稚園児が転んでパンツが見えてしまったのと大差ない。

何が悪いかと言えば、そう、直前までいたずらっ子マインド全開でこちらをおちょくりからかいまくっていた扇奈が悪い。

そう結論付けた劉生は、先ほどの仕返し半分慰め半分で扇奈の頭をペシペシ叩《たた》き、

「あんまり気にすんな。別にベージュが悪いってわけじゃないだろ。ベージュも落ち着いたいい色だ」

一応、フォローのつもりの言葉を吐《は》いた。

だが、これもまるで効果はないようだった。

「ふぅん、そういうこと言うんだ……！　女の子のパンツを見ておいて、そういうリアクションしか取らないんだ……！」

噴火《ふんか》直前の火山が鳴動するように、少女の体が小刻みに震え出す。

……あ、対応を間違えた。

気づいたが、もう遅《おそ》い。

「あったまきた！　こうなったら劉生の記憶《きおく》消してやる‼」

目を三角に吊《つ》り上げた扇奈が掴みかかってくる。

「よくも私のパンツ見たわね！」

「まさかの逆ギレ⁉」

「正当な怒《いか》りよ！　乙女《おとめ》の秘密を見ておいて、そういう態度は許しがたいんだから！」

「一応言っておくが、俺《おれ》は何もしてないぞ！　お前が勝手に転んで見せただけなんだからな！」

「何よその言い方！　それじゃ私がドジっ子みたいじゃない！」

「完全にそうだろうが！」

怒りを込めた扇奈の両腕をすんでのところで回避《かいひ》し、そのまま逃げ出す。

「逃げるな！　ベージュの記憶を消してやる！」

「そんなこと言われたら、逃げるに決まってるだろ！」

古い家の中でドタバタと追いかけっこが繰《く》り広《ひろ》げられる。

旧伏見家で追いかけっこを繰り広げる、というのは、高校生の男女としてはいかがなものかと思うのだが、二人の間ではよくあることだった。この場に智也がいたら、ニヤニヤ笑いながら、またやってるんだ、とでも言っただろう。

この追いかけっこ、熱い戦いが展開され、両方がスタミナ切れになるまで続けて、引き分けに終わるのが常だった。

この旧伏見家という場所は、追いかけっこの戦場という観点からみると、なかなかのフィールドだ。そこそこ広いうえに家具が少ないので走りやすい。

ただしそれには、庭を含《ふく》めれば、という付帯条件が必要となる。

庭ありだと、勝手口から飛び出して縁側から家に入るとか、納屋やスチール物置の陰《かげ》に隠《かく》れるとか選択肢《せんたくし》が非常に広がるのだが、家の中だけだと隠れる場所はほとんどない。逃げるための部屋もそんなに多くないし、隠れるための家具もない。せいぜい、一番広い居間でグルグル回るくらいしかできない。

そして、ザーザーと雨が降っている現状では、庭というエリアは封鎖《ふうさ》されたも同然だった。一張羅《いっちょうら》の制服がびしょ濡《ぬ》れ泥《どろ》だらけになるのが必定な天候なのに、庭に飛び出せるはずがない。

「フッフッフ……！　ちょうどいいわ……！　今晩一晩閉《と》じ込めて、さっきの記憶を上書きするくらいのことをしてやる……！」

「何する気だよコエェよ！」

「大丈夫《だいじょうぶ》大丈夫、私に任せなさい」

邪悪《じゃあく》な魔女《まじょ》みたいな笑《え》みを漏《も》らしつつ、扇奈が追いかけてくる。

「任せられるか！　お前の目、マジすぎるんだよ！」

「当たり前でしょ！　あんな恥ずかしいところ見られたんだから必死になるわよ！」

「見たくて見たわけじゃないっつーの！」

ヤバイ。これは冗談抜き《じょうだんぬ》きでヤバイ。

本気で監禁《かんきん》する気だ。一晩閉じ込めて、恥ずかしい記憶を抹消《まっしょう》しようとしている。

いつもの騒がしい追いかけっこではなく、これはホラーの逃走劇《とうそうげき》だ。捕《つか》まるイコール死だ。

絶対に俺は悪くないのに！

なんだか泣きたくなってきた。どうしてパンツを事故で見ただけなのに、身の危険を感じなくてはならないのだろう。

なんとかこのピンチから脱《だっ》しなくては。

家の中しか逃《に》げ場《ば》がないのでは遅かれ早《はや》かれ捕まってしまう。雨の中、濡れ鼠泥《ねずみどろ》だらけになるのを覚悟して飛び出すか？　いや、そこまでなりふり構わず逃げたら、扇奈の怒りにますます油を注ぐだけだ。最悪、自宅アパートまで追いかけてくる。

何とか怒りを鎮《しず》めなくてはならない。だが、劉生が何を言っても逆効果になりそうだ。となると……。

「クソッ！　仕方がない！」

ものすごく気が進まないが、思いつく手段は一つしかなかった。

「劉生、大人しくしなさい！」

「断る！」

闘牛士《とうぎゅうし》よろしく、突進《とっしん》してくる扇奈をかわし、距離《きょり》を取る。

迷っている暇《ひま》はない。扇奈に気づかれないように、こっそりと禁忌《きんき》の秘策を素早く実行する。あとは、時間を稼《かせ》ぎ、秘策がうまくいくことを祈《いの》るのみだ。

……難しいかもな。

鬼気《きき》迫《せま》る表情で追いかけてくる扇奈を肩越《かたご》しに見ると、自信がなくなってきた。


それでも劉生は、三十分は持ちこたえた。

言葉で翻弄《ほんろう》し、身体能力をフルに発揮し、扇奈の魔《ま》の手をかわしすり抜《ぬ》け、逃げ続けた。よく頑張《がんば》ったと自分に敢闘賞《かんとうしょう》を贈《おく》りたい。

だが、次第《しだい》に追い詰められていき、押《お》し入《い》れの中という、もはや後がない場所に逃げ込むしかない状況に陥ってしまった。

「フッフッフ……。ようやくね。手間取らせるんじゃないわよ……！」

押し入れの戸を外して放り投げ、扇奈が勝ち誇った笑みを浮かべる。四角く切り取られた視界の中を彼女の全身に占拠《せんきょ》されてしまった。

「おい、台詞《せりふ》が完全に悪役だけどいいのかそれで」

「うるさいわね！　逃げる劉生が悪いんじゃない！」

そりゃあ逃げたくもなる。追いかけ回す扇奈は本当に怖《こわ》かった。

「予定とはちょっと違うけど、これはこれでいいかもしれないわね……。一晩じっくり時間をかけて、あれやこれやしてあげるんだから」

何やら恐ろしいことを呟《つぶや》いている。

もう、ダメかもな。

さすがに観念するしかなかった。まさか命までは取らないだろう。今晩一晩、ひたすら土下座して謝罪し続けたら、許してくれるかもしれない。

覚悟を決めて、そっと目を閉じる。

「いい心構えね。見てはいけないものを見た劉生が悪いんだから、たっぷり反省してもらうわよ……！」

扇奈の指がワキワキと不気味に動きながらゆっくりと劉生に近づき、触れる直前、だった。

「扇奈！　帰るぞ！」

痩《や》せぎすで高そうなスーツを着込《きこ》んだ壮年《そうねん》の男性が、息を切らしながら家の中に飛び込んできた。

傘《かさ》を持っているにもかかわらず、その肩《かた》は少し濡れている。かなり急いで桜ヶ丘の坂を上ってきたようだ。

「あ、あれ……？　お父さん……？」

劉生に手を伸《の》ばしかけたままの姿勢で、扇奈が目を丸くする。

「どうしてここに来るの？　仕事中じゃないの？」

「高村《たかむら》君から、迎《むか》えに来てほしいと連絡《れんらく》があった」

扇奈の父親は、自分の娘《むすめ》とその男友達を交互《こうご》に見ながら、大きな吐息《といき》とともにそんな言葉を吐き出す。

「劉生⁉」

扇奈が驚き、こちらの顔を凝視してくるのは無理もない。劉生と扇奈の父親は仲が良くないのだ。

「他に助かる方法が思いつかなかったんでな」

助かったと安堵《あんど》の息を吐きつつ、わずかに苦い顔もする。

扇奈の父親を呼びつけるのは、本当にギリギリの選択《せんたく》だった。

劉生からすれば、嫌《きら》いな大人に助けを求めるのはものすごく屈辱的《くつじょくてき》だし、そもそも多忙《たぼう》な会社社長である扇奈の父親が来てくれるかどうかもわからない。しかし、来てくれれば暴走する扇奈をいさめてくれるだろうし、雨の中家に帰るための足も調達できる。

躊躇はしたし博打《ばくち》な手段でもあったが、これが一番手っ取り早く色々解決できる方法でもあった。だから逃げながら扇奈の父親に『雨で帰れない。このままだと扇奈と二人きりで一泊《ぱく》してしまう』とショートメールを送信したのだ。一応念のために連絡先《れんらくさき》を交換《こうかん》しておいたのだが、まさか使う日が来るとは思っても見なかった。

ともあれ、助かった。

しかし、これに納得《なっとく》できないのが扇奈である。

「劉生これはズルくない!? てゆーか、ルール違反《いはん》でしょ! こんなことに親を使うとか、卑怯《ひきょう》にも程《ほど》があるじゃない！」

胸倉《むなぐら》を掴《つか》んでガックンガックンと激しく揺《ゆ》らしてくる。

批判はもっともだ。限りなく反則技に近いと認めざるを得ない。普段の劉生なら、彼自《かれ》身が一番嫌う手段である。しかし、今だけはそんなことを言っていられなかった。

扇奈を怒《おこ》らせたこともさることながら、このままなし崩しに彼女と一晩この家で二人きりで過ごすことに危機感を持ったのだ。

劉生と扇奈は親友である。恋人《こいびと》ではない。

だから何も起こるはずがないし、起こしてはいけない。

そう思う。そう思うし、そうすべきだと心底思っているのだが……絶対に大丈夫《だいじょうぶ》かというと、そう断言できない自分がいることに劉生は気づいていた。

仮にここに二人きりで一泊するにしても、自分がきちんと納得して、泊《と》まってもいいと思ってからにしたい。こんな風にいきなりでは、心の準備ができず、何が起きたとしても後悔《こうかい》してしまいそうだ。

だから、今日はどんな誹《そし》りを受けようとも、タブーの手段を使ってでも、回避すると決めた。

「扇奈、やめなさい」

父親が娘を止める。

「だあって」

「いいからやめなさい」

「……はぁい」

苦い表情の父親に諭《さと》され、扇奈は渋々《しぶしぶ》劉生を解放した。

「……疲《つか》れた」

安堵のせいか、足から力が抜けていく。押し入れの壁《かべ》に背中を預け、ズルズルと下にズレ落ちるようにして座《すわ》り込んでしまった。

そんな劉生を見て、扇奈の父親が一言。

「どうやら、車を飛ばしてきて正解だったようだな」

まさしくその通り。

嫌いな人物だが、今日ばかりは感謝したい。

「ありがとうございます。助かりました」

「やめたまえ。気持ちが悪い」

糸の切れた操《あやつ》り人形《にんぎょう》のように座り込んだままの劉生が力なく頭を下げると、扇奈の父親は唇《くちびる》をへの字に曲げ、不愉快《ふゆかい》そうに吐き捨てた。

§§§§§§§§§§§§§§

「あーあ、今日は散々だった!」

劉生をアパートまで送り届けた後、扇奈は父親が運転する後部座席で仰々《ぎょうぎょう》しいため息をついた。

おじいちゃんの家に向かう時には、まさかこんな結末を迎えるとは夢にも思っていなかった。

学校を出る時、雨が降りそうだったので、ひょっとしたらこれを口実にお泊《とま》りができるかも、なんて考えた。

今まで扇奈は劉生とお泊り会とか泊りがけでどこかに行くとかしたことがない。お金がないとかお互《たが》い自分の家に友達を呼びたくないとか色々な理由はあったが、やはり一番大きな理由は扇奈が女で劉生が男だから、だろう。扇奈の親友であろうとしてくれる劉生は、そういう男女的に問題がありそうなことは意識的に、あるいは無意識的に忌避《きひ》しようとする。扇奈もそういう劉生の意図は理解していたし、こういうことで無理をしても二人の関係が歪《ゆが》んでしまうだけだと自重していた。

しかし、おじいちゃんの家というお泊りにうってつけのスポットが出現した。しかも、劉生はいつかこの家に住むと公言している。

扇奈としては是非《ぜひ》とも同棲《どうせい》したいと思っているし、その前哨戦《ぜんしょうせん》として二人きりでお泊り会したくなるのは当然のことだ。

前々からその機会を窺《うかが》っていたのだが、急な雨で帰れなくなってしまうというのは少女漫画でもちょくちょく見られるシチュエーションである。

これはチャンス、と思ってしまったのだ。

「いけると思ったんだけどなー」

おじいちゃんの家であれこれと色んなことをするようになり、放課後や休日だけの限定された時間だけとはいえ、疑似的《ぎじてき》な二人暮らしみたいなこともするようになった。それが二人の間で当然のようになってきた。だから、劉生もそろそろ二人きりの時間に慣れて、お泊りくらいはいいかと許容してくれるのではと思ったのだが。

まだまだ劉生はそこまで慣れていなかったのか。それとも、

「……調子に乗りすぎたかな?」

親指の爪《つめ》を噛《か》みながら、自分の行動を振り返る。

ちょっとはしゃいでしまったのは否定できない。梅雨《つゆ》の時期とはいえ、行きは雨が降っていなくて帰る頃《ころ》には雨が降っている、なんて状況そうそうあるものではない。今日が逃《の》がせないチャンスだと気持ちが急《せ》いてしまった。

だけど、ごり押しする気もなかったのだ。自分の色気を少し見せて劉生をドキドキさせておいて、それから今日はお泊りしない？　みたいな流れを作るつもりだった。

なのに、あんな風になってしまった。

どうしてだろう？

目を横にやると、水滴《すいてき》がリアドアガラスに忙《せわ》しなくぶつかり続けている。今晩はずっと雨だろう。

途中《とちゅう》まではいい感じだったと思う。サマーセーターを脱《ぬ》いだ時から劉生は見ないふりをしていながらちょいちょい見ていたし、ブラをチラ見せしたら明らかにドキドキしていた。

あそこまでは、実に順調だった。

だが、急転直下、事態は思わぬ方向に転がっていった。

その原因は……ベージュ、か。

劉生が悪いのだ。よりによって、一番見られたくないベージュのパンツを見たのだから。

……いや、洗濯物《せんたくもの》が乾いていないからと、あれを穿《は》いてきた自分が悪いのか。

今度からはもっと気を引き締《し》めて、身だしなみはいつでも完璧《かんぺき》にしておこう。

そんな風に決意を新たにする。

「扇奈」

百面相している娘をバックミラー越《ご》しにチラチラ見ていた父親が、やや気が進まない様子で口を開いた。

「あまり、高村君を困らせないようにな」

「別に、困らせようとしているわけじゃないわよ」

「そうなんだろう。お前はそういうつもりはないんだろう。だが……こう、彼がものすごく困り顔をしていたように見えたのでな。気の毒に思えてきた」

「あれ意外。お父さんって劉生のこと嫌いだと思ってた」

「嫌いだとも」

父が迷うことなく頷く。

「ああいう生意気で反抗《はんこう》することが正しいことと思っているような子供は、見ているだけで不愉快だ。あの鼻っ柱を叩き折ってやりたくなる。おまけに、向こうも絶対に私を嫌っている。好きになる要素など皆無《かいむ》だ」

早口で一気に並べ立てる。本当に心底嫌いらしい。

「なのに、劉生の肩を持つんだ」

「そういうつもりはない。単に客観的に先ほどの光景を見て、彼が可哀想《かわいそう》だと思ったのだ」

父の声は、本当に同情的に聞こえた。普段は無機質的で感情を露《あら》わにしない父としては実に珍《めずら》しい。

「娘よりも嫌っている男の子を気の毒って……」

仕事が忙《いそが》しいという理由で普段ほとんど構ってくれない父親に味方してもらおうとは思わないが、これはこれでなんだか面白《おもしろ》くない。そんなにひどいことをしただろうか？　自分は単に劉生と恋人になりたくて、そのために頑張っているだけなのに。

扇奈がシートに体を沈《しず》み込ませながらブスリと拗《す》ねると、父は話題を変えてきた。

「ところで、家の中を少し見たのだが、あれこれやっているようだな」

このままこの話を続けても娘の不興を買うだけと察したのかもしれない。

「まさか、足踏《あしぶ》みミシンまで引っ張り出しているとは思わなかった。高村君が使っているのかね？」

「まっさか。あれは奏が使ってるの。って、奏のこと知らないっけ。色々事情があっておじいちゃんの家で裁縫《さいほう》やっている子なの」

「ほう、あの家に他のお友達も来ているのか」

父親の声が少し嬉しそうに跳《は》ねる。

「あとは、劉生の友達の男子。まあ、こっちはニヤニヤしながら見物しているのがほとんどだけど。それから、加賀《かが》さんっておじいちゃんの友達覚えてる？」

「友達ではない。悪友だ」

何か嫌《いや》な思い出でもあるのか、父の声が一段低くなった。

扇奈は気づかなかったふりをして、

「加賀さんのお孫さんも時々顔を出してくれてるの。山に入らせてもらってタケノコ掘《ほ》りしたり梅の実採ったりしているの」

「ずいぶん賑《にぎ》やかになったものだな」

「基本は私と劉生の二人きりだけどね！」

胸を張って強調するが、父の言う通りだと思う。あの家はずいぶん賑やかになった。それは悪いことではない。扇奈自身も今のワイワイとした雰囲気は嫌いではない。小学生以来の、みんなと一緒《いっしょ》、という感覚を楽しませてもらっている。自分が作った料理をみんなが美味《おい》しい美味しいと褒《ほ》めてくれるとすごく幸せな気分になれる。

だが、それはそれとして、劉生と二人きりにもなりたいのだ。

みんなとワイワイする時間が増えたということは、ネガティブに言うと、劉生との二人きりの時間が削《けず》られているということだ。

『劉生と恋人になる』が人生において最大の目標である扇奈にとって、これは由々《ゆゆ》しき問題である。

二人きりでお泊り会をして、削られた二人の時間を補填《ほてん》しようと考えるのはごく当然のことだ。

「……何かいい方法ないかなぁ」

雨粒《あまつぶ》のせいでほとんど見えないガラスの向こうを眺《なが》めつつ、扇奈は真面目に考え続けた。

「……四月に高村君に『娘に手を出すな』と釘《くぎ》を刺《さ》したが、どうやら釘を刺す相手を間違《まちが》えていたようだ」

運転する父親が何か疲れたようにぼやいていたが、劉生と二人きりの時間を増やすためにはどうしたらいいだろうと真剣《しんけん》に考えていた扇奈の耳には、全然届いていなかった。

3章　一人きりの夜

六月に入ってからの旧伏見《ふしみ》家の修繕《しゅうぜん》作業は、停滞《ていたい》気味だった。

梅雨に入ったからというのも大いにある。やはり雨に降られると屋外での作業に支障が出てしまうし、そもそも旧伏見家に行くのはやめておこうかとなったことも度々《たびたび》あった。

だが、一番の問題は梅雨とは無関係で、一言でいえば資材不足だった。

修繕するにしても、何かを作るにしても、材料は必要だ。先月までは扇奈《せんな》の祖父が生前用意していた木材を拝借していたのだが、テーブルを作ったり椅子《いす》を作ったりちゃぶ台を作ったりしているうちにあっという間に枯渇《こかつ》してしまった。

加賀《かが》家所有の山から竹を伐採《ばっさい》して、それはそれで非常に重宝しているが、やはり竹だけでは限界がある。しっかりとした木材、それも板がほしかった。

「智也《ともや》、お前んとこのホムセンで売れ残りの木の板ないか？」

「またそれ聞くんだ。しょっちゅう聞いてくるねぇ。答え変わらないんだけど」

授業終わりに尋《たず》ねると、小柄《こがら》な少年は苦笑《くしょう》を漏らした。

「ないよ、そんなもの。お客の要望でカットした後の切《き》れ端《はし》が出ることはあるけど、劉生《りゅうせい》が欲《ほ》しがっているのは、切れ端なんかじゃないんでしょ？」

「でかい木の板が欲しい」

「木の板には賞味期限なんかないからね。売れ残りなんて出てくるはずがないよ」

「やっぱり無理か」

ううむと唸《うな》る。

授業中、スマホでこっそりホームセンターのサイトを見ていたのだが、どこを見ても木材はそれなりの値段だ。それこそ、本棚《ほんだな》が欲しいなら、作るよりも完成品を買った方が経済的と思ってしまうほどに。

「いい加減、何とかしなくちゃいけない問題なんだよな、これって」

旧伏見家ではやらなくてはいけないこと、やりたいことはいくらでもある。畑の手入れは毎日しなくてはいけないし、炭作りもしなくてはいけない。他にもガタがきている箇所《かしょ》の修理とか、竹を使った小物作りとか、探せば探すほど作業は見つかる。

だが、旧伏見家で一番しなくてはならないことといえば、家そのものの修繕であり、それにはどうしたって木材が必要となる。先月土と漆喰《しっくい》で壁の補修はしたが、さすがに穴の開いた床は同じようにはできない。扇奈や奏《かなで》が料理や裁縫をしやすくなるような調理台や作業台を増やすためにも木の板は必須《ひっす》だ。

あの家を取り壊《こわ》す気満々の扇奈の父親に、どうだここまで綺麗にして住みやすくしてやったぞと見せつけるためには、この木材不足は絶対に解消しなくてはならない問題だ。

智也の顔を睨《にら》みつつ、どうしたものかと考え込《かんがこ》んでいると、扇奈と奏もやってきた。

「劉生、行こっかー。……どうかしたの？　奏、知ってる？」

「いいえ、わたしも今合流したものですから」

「ひょっとして、あんたが劉生をいじめたんじゃないでしょうね」

「ええ？　僕《ぼく》が？　いくらなんでもそれは冤罪《えんざい》すぎるよ」

「劉生をいじめていいのは私だけなんだからね」

「伏見さん、それは歪みすぎてる」

三人がワチャワチャ騒いでいるのをBGMにしながら何かいい方法はないものかと考え続けたが、結局いい案は思いつかなかった。

「小遣《こづか》い貯《た》めて買うしかない、か」

「劉生、何の話？　何か欲しいの？」

吐息交じりに呟くと、智也を一方的に責めていた扇奈が小首を傾《かし》げた。

「木の板」

「ああ……」

端的《たんてき》に言うと、それだけで彼女《かのじょ》は正しく理解してくれた。

「私としては、お父さんに買わせるのが一番現実的な解決方法だと思ってるんだよね。今度お父さんの部屋を家探ししてみようかな。あの人のことだからへそくりとかしてそう」

あの父親の性格を考えると、確かにへそくりの一つもしていそうだ。探せば、木材など容易《たやす》く買える金額が発見できそうである。だが、賛成はできない。

「それやったら、ヘイトが全部俺に来そうで怖いんだけどな」

それでなくても、あの親バカには、可愛《かわい》い可愛い娘にたかる汚《きたな》い羽虫のように思われている。今更《いまさら》好かれようとは欠片《かけら》も思っていないが、あんまり怒らせて、一年後までにきちんと住めるレベルまで旧伏見家を直したら、取り壊しを中止にするという約束を反故《ほご》にされてはたまらない。

と、机の上に置きっぱなしだった劉生のスマホがブルルと震え出した。

手に取ってみると、ディスプレイには『加賀』と表示されている。

「…………？」

思わず、怪訝《けげん》な顔をしてしまう。

加賀椋子《りょうこ》ではなく、その祖父の加賀老人の方から掛《か》かってきている。

老人が、何かあった時のために、と言うので連絡先を交換したのだが、友人の孫娘《まごむすめ》である扇奈はともかく、基本的に赤の他人である劉生に連絡することがあるなんて思ってもみなかった。

「劉生、どしたの？」

「これ、加賀さんからだ」

「おじいちゃんの友達の方の？　私じゃなくて劉生の方に掛かるなんてね」

扇奈も意外そうに目を丸くする。

「用件がまるで予想つかないな」

ともあれ、出てみるしかない。通話ボタンをタップして、スマホを耳に当てる。

「もしもし」

『お、出た出た。よう、学校の授業は終わったかい？』

ベッドの上で長期療養《りょうようう》中のはずなのに、元気そうな老人の声が聞こえてくる。

「ええ、はい。たった今終わったばかりです」

『よしよし、計算通りだったな。ちょっとお前さんに話があるんだ。お前さん、というかお前さん方、相変わらず木材が足りなくて困っているのかい？』

「ええ、それは、はい」

元々加賀老人と知り合ったのは、彼が所有する山の木を伐採させてもらおうと思いついたのがきっかけだった。残念ながら木材向きの木はないということで木材の調達は断念したのだが、竹や山の恵《めぐ》みはもらっていて、孫娘の椋子とも顔を合わせるようになった。

『椋子に聞いたんだが、伏見の家にはまだ掘っ立て小屋《ごや》が残っているそうだな？』

「家の裏にある納屋《なや》のことですか？」

旧伏見家の裏側には物置が二つある。一つは市販《しはん》のスチール製物置だが、もう一つは古い掘っ立て小屋だ。

『そうそう、そいつだ。実はな、あれは俺たちが自分たちで建てたものなんだ』

「自分たちで？」

軽く驚《おどろ》くと、通話の内容が気になったのか、扇奈が耳を寄せてきた。彼女の金髪《きんぱつ》が手の甲《こう》や頬《ほお》をくすぐる。

『あいつが物置が欲しいって言い出してな。でも金がないから自作するって言いやがった。だったら、手伝ってやろうってことになり、仲間で作ったんだ』

それであの納屋は粗末《そまつ》だったのか。

ものすごくボロいなとは常々思っていたが、素人《しろうと》の手によるものなのだから当然だった。

あの納屋の意外な歴史を知って驚いたが、それを劉生に語る理由がわからない。語るべきは扇奈の方だろう。ベッドの上から動けなくて暇だったから、電話をかけてきただけなのだろうか。

「……で、あの納屋に何か用があるんでしょうか」

早く旧伏見家に行きたい劉生が少し焦《じ》れた声を発すると、

『本題はこっからだ。実はな、その時に建てた掘っ立て小屋は伏見の家にあるやつだけじゃないんだ。他にも物置が欲しいっていうやつが何人かいて、そいつら全員の家に同じような小屋を建てたんだ。もうずいぶん前に取り壊してしまったが、実はうちにもあった』

「はあ」

『で、だ。仲間の一人が、もう使わないからあの小屋を壊したいと言っているんだ。お前さん、行って解体の手伝いをしてこないかい？　解体して出た廃材《はいざい》は持って帰ってくれて構わない』

「……廃材？」

『廃材と言っても、元はそれなりの木材だ。腐《くさ》ってもいないらしい。材木として再利用できるはずだ。どうだい？』

「やりますやります！　木材もらえるならいくらでも！」

今の劉生には願ってもない提案だ。旧伏見家の納屋は古くボロボロになってはいたが、腐ったり穴が開いたりはしていない。あれと同じ木材が手に入れば、家の修繕のために大いに活用できるはずだ。

劉生が即決《そっけつ》すると、電話の向こうで加賀老人は嬉《うれ》しそうに声を上げた。

『そう言ってくれると思ったよ。今度の土曜でいいかい？　椋子を案内役に付けるからあいつと一緒に行ってくれ。それから、解体はそんなに難しくはないだろうが、服装や準備はしっかりとな』

「はい、ありがとうございます！」

『おう、それじゃあな』

加賀老人との通話を終えた劉生は、ほとんど無意識に拳《こぶし》を握《にぎ》ってガッツポーズを取っていた。

「木がもらえるの？」

通話を聞いていた扇奈がはしゃいだ様子で聞いてきた。

「みたいだ。スゲー助かるわ」

思わぬ好意によって、木材不足という深刻な問題が解消されることになった。劉生もすごく嬉しい。

「今度の土曜に椋子さんが連れて行ってくれるんだと。一緒に行こうぜ」

「うんうん！　楽しみだね！」

「智也と奏はどうする？　手伝ってくれたら助かるが」

木材運びは体力仕事だ。人手は多い方がありがたい。

しかし智也は残念そうに首を横に振《ふ》り、

「ゴメン、面白そうだなとは思うんだけど、次の土曜は朝からバイト」

「すみません、わたしも行きたいところがあるので。──扇奈さん、よろしければあなたもご一緒してくださいませんか？」

奏は申し訳なさそうに劉生に頭を下げた後、扇奈に向き直った。

「え？　私？　どこに行くの？」

劉生と一緒に掘っ立て小屋の解体に行く気満々だった扇奈は、きょとんと目を丸くした。

「下着屋さんに行きたいんです」

「この間行ったじゃん」

「今度は男性向けの下着を見てみたいんです。劉生君の下着の参考にしたくて」

「あー……」

いくら服飾《ふくしょく》の勉強のためとはいえ、女の子一人で男性専門の店に行くのはハードルが高い。同行者が欲しくなるのは無理もない。

「別日でよかったら俺《おれ》が付いていくけど」

劉生が気を使って手を上げたが、

「ありがたいのですが、今回は女性の意見が欲しいんです。特に下着について」

と遠慮《えんりょ》されてしまった。

「男性のパンツの下見かぁ。ものすごく魅力的《みりょくてき》なお誘《さそ》いだね、それって」

ほんの二、三分前まで掘っ立て小屋の解体が楽しみと言っていた扇奈が悩《なや》み始める。

「私の意見を聞くってことは、それを参考にして劉生のパンツを縫《ぬ》うってことだよね。劉生はどんなのが似合うかなぁ」

「おいこら視線がキモイ」

目を大きく見開いて下半身を凝視《ぎょうし》してくる彼女の脳天にチョップを食《く》らわす。

「イッタイ！　劉生だって私の透《す》けブラとかガン見したことあるじゃない！」

「ガン見はしてねーよ！　つーか、頼《たの》むから教室でそういうこと言わないでくれるか。クラスでの俺の評判に関わる」

「まあ、劉生の評判なんて、今更だとは思うけどね」

智也がものすごく失礼なことをぼそりと言うが、スルーする。

「扇奈、行きたいなら奏と一緒に行ってもいいぞ」

「いいの？」

「あの掘っ立て小屋と同じなら、多分俺一人でもなんとかなるだろ」

「うーん、確かに不器用な私が解体作業にどれだけ役立つか微妙《びみょう》なところだよね……」

そういう意味で、奏と一緒に行ってもいいと言ったわけではないのだが。

「うん、今度の土曜日は奏と一緒にお出かけする。カッコいいパンツ、楽しみにしていてよね！」

「……俺、そのうちとんでもないデザインのパンツ穿《は》かせられそうだな」

今のうちから、心の準備をしておいた方がいいかもしれない。


冷静に考えてみると、なかなか奇妙《きみょう》なことだ。

劉生は旧伏見家とは直接的なつながりはない。今の時点では、この家にかつて住んでいた人間の孫娘の友達というだけだ。

なのに、その旧伏見家と自分をつないでいる扇奈抜きで、かつて住んでいた人間の友達に会おうとしている。しかも、これまたかつて住んでいた人間の孫と一緒に。

人の縁《えん》とは実に不思議で面白い、などと悟《さと》ったようなことをふと思ってしまった。

次の日の土曜、幸いにも雨は降らず、快晴だった。最近雨か曇《くも》りばかりだったので、朝から元気な太陽の光を全身に浴びていると、それだけで気分がいい。

「おはようございます！　今日はよろしくお願いします！」

だから劉生は、加賀家の前で待ち合わせをしていた椋子に大きな声で朝の挨拶《あいさつ》をした。

「おはよう、高村《たかむら》君。今日も元気ね」

いつもの山行きスタイルよりはいくらかラフな格好の椋子も、明るく挨拶を返してくれた。

「そりゃあ、念願の木材が手に入るんですから」

「そうね。その気持ちはちょっとわかるわ。あの家を直すのには、どうしたって木材が必要だものね」

彼女は同意してわずかに笑い、傍《かたわ》らの台車を指さした。

「これ、用意したから」

台車の上には使《つか》い込まれて黒ずんだ道具袋《ぶくろ》が置かれている。

「解体用の道具ですか？」

「当たり。バールとのこぎりと釘抜《くぎぬ》きが入ってる。のこぎりは使わないかもだけど。脚立《きゃたつ》は向こうで貸してくれるって。あの小屋、本当に簡単な作りだから、これで十分解体できると思う」

「知ってんですか？　小屋のこと」

「うちにも同じのがあったのよ」

そういえば、加賀老人が電話口でそんなことを言っていた。

「お母さんが邪魔《じゃま》だって言い出して、ずいぶん前にワタシとおじいちゃんとお父さんの三人がかりで壊しちゃったけど。――ところで、伏見さんはどうしたの？　寝坊《ねぼう》？」

「そういえば、連絡してなかったですっけ。あいつは今日は来ないです。不器用で怪我《けが》されると困るし、奏と一緒に出掛《でか》けています」

「そうなの。意外。高村君と伏見さん、いつも一緒だったから。別々に行動するなんてことあるのね」

「俺と扇奈はコンビでも、セット販売《はんばい》されてる商品でもないんですけど」

「そんな風には思ってないわよ。恋人か夫婦《ふうふ》だとは思ってるけど」

「……それも、違《ちが》うんですが」

「否定の言葉が歯切れ悪いわよ」

椋子がくすりと笑う。

「さ、じゃあ行きましょうか。さっさとやって、昼前には終わらせたいわ」

「ひょっとして、解体を手伝ってくれるんです？」

「未経験者一人じゃ、昼前どころか一日で終わらせるのは不可能よ。お姉さんに任せなさい」

劉生が尋ねると、椋子は得意げに胸を叩《たた》いてみせた。

本当に、人の縁とは不思議なものだ。帰宅部の劉生に、こんなに頼《たよ》りがいのある先輩《せんぱい》ができるなんて、思ってもみなかった。


椋子に案内されて行った家は、加賀家とよく似たこぢんまりとした一軒家《いっけんや》だった。デザインや古さ加減から察するに同時期に購入《こうにゅう》した建売住宅なのだろう。

「藤井《ふじい》さーん、加賀です。来ました」

椋子はインターホンも鳴らさず、声をかけながら玄関脇《げんかんわき》からグルリと回り込んで庭の方にズカズカと入っていった。劉生も台車を押《お》しながらそれに続く。

「おう、来たかい」

大して広くもない庭では、杖《つえ》を突いたでっぷりと太った老人が待ち構えていた。

「久しぶりだな、加賀の。じいさんの足の調子はどうだい？」

「まだベッドの上です」

「治りが遅《おそ》いなぁ。まあ、あいつもおれも年だもんな。で、そっちのは伏見の孫の彼氏《かれし》かい」

藤井老人は自分と友人の老いを嘆《なげ》いた後、劉生に目を向けた。

「か、彼氏?」

「加賀からはそう聞いているんだが」

「いや、あの……」

訂正《ていせい》しようとしたが、椋子に背中をつつかれ制止された。

「説明が面倒《めんどう》くさいからそういうことにしときなさい。それに、あながち間違ってもいないでしょ」

「全然違いますよ!」

「男女で仲のいいお友達です、なんて言ったら、逆にこのおじいちゃんの好奇心《こうきしん》を刺激《しげき》することになっちゃうわよ。お年寄りは暇《ひま》だから根《ね》掘《ほ》り葉《は》掘《ほ》り聞いてくるんだから」

「それは……!」

今日の目的は木材の調達で、年寄りの相手をすることではない。反論の言葉を飲み込み、グッとこらえる。

「それで、藤井さん、おじいちゃんから聞いたんだけど、小屋を壊しちゃってもいいのよね？」

「ああそうだ。そこにあるやつを壊してもらいたい。友達と作ったものだから名残惜《なごりお》しいと言えば名残惜しいんだが、もう使い道がなくてなぁ。それに、伏見の家の修理に使ってくれるんなら嬉しいしな」

藤井老人が杖で指し示した先に、見慣れた納屋とよく似た掘っ立て小屋が建っていた。

「……そっくりだな」

掘っ立て小屋を眺めつつ、思わずつぶやく。

少し曲がった柱、薄《うす》っぺらい木の壁、こびりついてもう落とせそうにない土汚《よご》れ、扉《とびら》や戸というにはおこがましい出入り口をふさいでいる板。

本当によく似ている。

違うのは、こちらの小屋には何も入っていない点だ。ガラクタ一つなく、乾《かわ》いた地面が剥《む》き出しになっている。

掘っ立て小屋の表面を撫《な》でてみる。

長年雨風と紫外線《しがいせん》にさらされ続けたために、表面は白っぽく色褪《いろあ》せてザラザラだ。爪を立ててひっかいてみると、朽《く》ちた木片《もくへん》がポロポロと落ちていく。相当劣化《れっか》しているようだ。

だがそれは表面だけのことで、落ちた木片の向こうからしっかりと詰《つ》まった茶色い木目が顔をのぞかせる。悪いのは見た目だけで、強度的には何の問題もない。これならば木材として十分に活用できそうだ。

「昔はうちも物置に使ってたんだけどな。断捨離《だんしゃり》したら空になっちまった」

壊してくれと依頼《いらい》してきたのはこの老人のはずだが、その声色《こわいろ》は悲しそうで残念そうだった。

なので、思わず聞いてしまう。

「本当に壊していいんですか？」

すると、太った老人はゆっくりと頷《うなず》き、

「このまま置いておいても、息子《むすこ》の嫁《よめ》に、洗濯物を干すのに邪魔だ庭の見栄《みば》えが悪くなると悪口言われるだけだ。だったら、別の場所で姿を変えて役に立つ方が何十倍もマシだろう。このままいけば、おれが墓に入った途端《とたん》、資源ゴミになっちまうのがオチだしな」

首を縦に振ったものの、未練があるのはありありとわかる。藤井老人の掘っ立て小屋を見る目は、昔からの親友に対して向けるものだ。

劉生と椋子が困り顔で互いを見合わせると、

「おいおい、そんな顔をしてくれるな。頼んだのはこっちなんだ。お前らが困ったような顔をすることはないだろ」

藤井老人は淀《よど》んだ空気を吹《ふ》き飛ばすかのようにガハハと明るく笑った。

「壊してくれ。そんで、伏見の家を直すのに有効活用してくれ」

「は、はい」

劉生が躊躇《ためら》いがちに頷くと、藤井老人は励《はげ》ますようにバシバシと痛いくらいに肩《かた》を叩き、家の中に入っていった。

「さて、それじゃあやりましょうか」

椋子が脚立を持ってきた。軍手をはめる仕草は、完全に解体する気満々に見えた。

一方、劉生はまだ少し迷いがあった。材木が手に入るのはものすごくありがたいが、誰《だれ》かの大事なものを壊してまで得ようとは思えない。

すると、椋子が劉生の胸をコンコンと叩いた。

「あんまり考えすぎない方がいいわよ」

「だけど……」

「はっきり言って、藤井さんにとってはベストな選択《せんたく》じゃないわ。それはこの小屋を保存することだもの。それができない以上、これがベターな選択だと思う」

「ベター、ですか」

反芻《はんすう》すると、椋子は一つ頷き、

「うちも似たような物がたくさんあるのよ。おじいちゃんにとっては大事な物でも他の人にはガラクタで捨てるしかないっていう物。この間あなたたちにあげた耐火《たいか》レンガなんか、モロにそれだった。もううちでは使うことはないから邪魔なだけで、捨てるしかなかった。でも、今、あなたたちが再利用してくれている。おじいちゃん、あれも喜んでいるのよ。君ができることは、もらったものを大事に有効活用すること。もらっていいんだろうかって悩むことじゃないわ。おじいちゃんも藤井さんもそれでいいって決断してくれているんだから、今さらあなたがグジグジ悩むのはおじいちゃんたちを侮辱《ぶじょく》することになるわよ」

それは、そうかもしれない。

大切な思い出の物を、役に立ててくれるならと快く提供してくれているのだ。それを今さら、気が引けるからお返ししますと言うのは失礼になってしまう。椋子の言う通り、大事に活用することが劉生たちがすべきことだ。

「……はい、わかりました。大事に使います」

「それでよし」

劉生が力強く頷くと、椋子はにこりと微笑《ほほえ》んだ。そして気持ちを切り替《きか》え真剣な顔になる。

「まずは屋根板から外しましょう。そのあと壁《かべ》板、最後に柱。この順番で」

「了解《りようかい》です」

経験者の指示にはおとなしく従うべきだ。椋子が主導する形で解体作業を始める。

「この小屋、角材に板を釘で打ち付けているだけだから、とにかくバールで引っぺがしていけばいいのよ。バールの使い方、わかる？」

「なんとなくは。てこの原理ですよね？」

「そういうこと」

柱と梁《はり》になっている角材と打ち付けられている木の板の間にバールを突《つ》っ込み、ぐいと力を込めると、バリバリバキバキと凄《すさ》まじい音が庭に鳴り響《ひび》いた。たちの悪い警報みたいだ。驚き、手を止めてしまう。

「大丈夫《だいじようぶ》よ、気にしない。木材が壊れることはないわ」

作業の手を止めないまま椋子が言った。

「なんか、粉々になっちゃいそうな音なんですけど」

「平気だってば。うちも解体した時に似たような音したけど、折れたり砕《くだ》けたりしなかったわ」

その言葉を信じて、再度力を込めて木の板を引き剥《は》がしていく。

椋子の言う通り、細かな木片がポロポロと零《こぼ》れ落ちることはあったが、屋根板そのものが砕けるとか、ひびが入るとか、そういったことはなかった。

剝がした板を地面にそっと下ろして安堵《あんど》しつつ、確信する。

この木材は使える。少なくとも、旧伏見家の劣化した壁板よりは強度がありそうだ。

「よし、全部綺麗《きれい》に剝がしてやる！」

使える木材が入手できるとわかった劉生はそれまで以上にやる気を発揮し、解体作業をドンドンと進めていった。

木の板をバールで剝がす。板に残っている古い釘を釘抜きで抜《ぬ》く。梁を外し、地面に埋《う》まっている柱を力任せに引っこ抜く。

木の板に食い込んだ赤茶色に錆《さび》ついた釘を抜くのは少々手間取ったが、経験者の椋子とやる気を出した劉生にとってはさほど難しい作業ではなかった。

小屋はどんどん板と角材に姿を変えていった。

「よし、解体完了《かんりょう》！」

汗《あせ》を拭《ぬぐ》いながら椋子が高らかにそう宣言したのは、一時を少し過ぎた頃《ころ》だった。昼前まではいかなかったが、素晴《すば》らしいスピードだ。

「お疲《つか》れ様《さま》。驚くほど早かったわ。高村君はやっぱりこういうことが得意なのね」

「俺は言われるままにやっただけですよ。椋子さんこそ、こういう大工仕事得意なんですね」

「ワタシはおじいちゃんに付き合ってやったことがあるだけよ」

二人が互《たが》いを褒め合っていると、藤井老人が杖を突きながらヨタヨタと庭に出てきた。

「おー、もう終わったのか。早いなぁ。建てる時は、数日かかったんだがなぁ」

掘っ立て小屋がなくなったあたりを眺めつつ、感嘆《かんたん》の声を漏《も》らす。

「壊すよりも作る方が手間なものですよ。それに、おじいちゃんたちのことだから、どうせお酒飲みながらやってたんでしょう?」

「正解だ。いやまったく、酔《よ》っぱらいながら大工仕事なんてするもんじゃないな。何回トンカチで自分の指を叩いたかわかりゃしない」

「当たり前じゃないですか」

藤井老人はガハハと笑い、椋子が呆《あき》れた顔になる。

小屋を作りながらお酒を飲むなんて普通《ふつう》では考えられないが、おそらく小屋作りもかつての藤井老人たちにとっては遊びの一環《いっかん》だったのだろう。

「はは、すっきりしてしまったなぁ」

ほんの数時間前まで掘っ立て小屋が建っていた地面に触《ふ》れながら、老人が少し寂《さび》しそうに呟《つぶや》く。

そこは、長年太陽にも雨風にも触れていなかったので、四角く白く乾いていた。だが、おそらく数日で周囲の地面と同じようになり、掘っ立て小屋があった痕跡《こんせき》は消えてしまうだろう。

「あの、ありがとうございました。この木材、無駄《むだ》にしないようにします」

劉生は藤井老人に対して深々と頭を下げた。

「おう、頼むわ」

そう言った藤井老人の顔は、まるで娘《むすめ》を嫁に出す父親のように見えた。

「そうだ、こいつは心ばかりの礼だ。二人で分けてくれ」

と、お菓子《かし》がたくさん入ったレジ袋を渡《わた》してきた。

「お、やった。藤井さんありがとう。ありがたくもらいますね」

もらっていいのか遠慮すべきなのかと逡巡《しゅんじゅん》する劉生の傍らで、椋子があっさりとレジ袋を受け取る。

戸惑《とまど》い気味の劉生の視線に気づいた彼女は、肩をすくめながら軽い調子で、

「いいのよ、こういうのは遠慮なくもらって。年寄りって物をあげるのが大好きなんだから」

「違いない」

藤井老人も明るい調子でガハハと笑った。

「伏見の孫の彼氏さんよ、その代わりと言っちゃなんだが、そのうち伏見の家を見物しに行かさせてくれ。あのボロ家が若い奴《やつ》の手によってどこまで変わるのか興味あるんだ」

「あ、はい。それはいつでも。どこまで期待に沿《そ》えられるかわかりませんけど」

「なんのなんの、俺たちも素人だったが小屋を建てたりしてたんだ。気合と根性《こんじょう》があればどうとでもなるもんだ」

藤井老人は冗談《じょうだん》めかしてそんなことを言い、またガハハと笑った。


ガタゴトガタゴトと言わせながら、木材を満載《まんさい》にした台車を押して旧伏見家に運んでいく。

きつい坂道を台車を押しながら登っていくのはかなりきついが、劉生は鼻歌を歌いたくなるほど上機嫌《じょうきげん》だった。

「これだけあったら色々作れそうだな」

縁側《えんがわ》や土壁《つちかべ》にできない箇所の壁を修繕できる。他にも棚《たな》や机など家具も作れる。この一カ月やりたくてもできなかった作業ができるようになる。

あれをしようこれを作ろうと考えると、ワクワクが止まらない。

隣《となり》を歩く椋子は、そんな男子高校生を物珍《ものめずら》しそうな目で見つつ、

「高村君ってＤＩＹが得意なだけじゃなくて好きなのね。変わってる」

「椋子さんに言われたくないです。十代の女子で山を駆《か》け回るってなかなかいませんよ。完全に野生児です」

「家が山持ってたら、遊び場にするのは当然じゃない」

「当然か……？」

至極《しごく》当然と椋子は言うが、劉生としては首をひねりたくなった。

「まあ、おかげで色々助かっていますけど」

先月はタケノコ掘りの手伝いをしてくれたし、以降も色々な山《やま》の幸をおすそ分けしてくれている。劉生や扇奈では手に入らないものが手に入って、とてもありがたい。

「あ、今日もありがとうございました。すごく助かりました」

「いいのよ、そんなに手間な作業じゃなかったし」

「でも、おじいさんに命令されて手伝ったんじゃないんです？」

劉生としてはとても助かったが、どう考えても十代の少女が率先《そっせん》してやるような作業で

はない。

しかし椋子は微苦笑《びくしょう》を漏らし、そうじゃないのよ、と否定してきた。

「おじいちゃんは、気を使ってワタシに外に出る口実を作ってくれているのよ。おじいちゃんの命令ってことにしておけば、母さんも父さんも文句言わないから」

「そう、なんですか」

前から薄々《うすうす》感じてはいたが、この少女も家で何かあるようだ。

それが一体何なんだろう、とは思う。だが、それを聞こうとは思わない。

「あの、お礼と言っては何ですけど、また時間がある時に来てください。扇奈の料理ならご馳走《ちそう》しますから」

「そういうこと、伏見さん本人じゃなくて高村君が言うと、ますます夫婦感が出てくるわよ」

「学校でも散々そういう風にいじられているんで、勘弁《かんべん》してください」

「……学校、かぁ」

ちょうど椋子が懐《なつ》かしそうにつぶやいた時、旧伏見家に到着《とうちゃく》した。

「あー、重かったー」

台車を庭の真ん中に置いて、地面に座《すわ》り込む。

「お疲れ様」

「いえ、椋子さんこそお疲れさまでした。マジで助かりました」

「うん、それじゃあ、またね。台車はまた今度返してくれればいいから」

と、椋子は道具入れだけを手にして早々に帰ろうとしたが、

「あ、そうだ。これを渡すのを忘れてた」

と道具入れの中に手を入れて、ゴソゴソやり始める。

「高村君、木材だけどこのまま使うつもり？　はっきり言って、汚れちゃってるわよね。そのまま使ったら見た目がよくないわよ」

「紙やすりをかけて綺麗にしようとは思っています」

「人力でそんなことやったらものすごい時間かかるわよ。だから、これを使いなさい」

そう言いながら取り出したのは、長方形の木製の台に二枚の刃《は》が仕込《しこ》まれた道具だった。実物を見るのは初めてだが、劉生でも知っているくらい有名な道具である。

「これ、鉋《かんな》ってやつですよね」

大工道具として有名すぎる道具の一つだ。ちょっと昔のドラマに出てくる大工は大抵《たいてい》これを使っている。

「これで表面を薄く削《けず》ったら、綺麗になるはずよ」

なるほど。鉋で汚れた古い表面の木材を削り取れば、真新しい木材に生まれ変わるというわけだ。紙やすりでやるよりこちらの方が早いし綺麗にできそうだ。

「で、これどうやって使えばいいんですか？」

基本的な使い方はわかる。木材に刃を押し当てて、ピーラーのように表面を削ればいいだけだ。だが、こういう大工道具は何かしらのコツが必要だったりする。それを教えてほしかった。

しかし、鉋を受け取った劉生が尋《たず》ねても、椋子はあっさりと、

「知らないわ」

「え、知らないんですか？」

てっきり知っているものだとばかり思っていたので、予想外の返答に面食らう。

「さすがにワタシもそんな本格的な道具使ったことないわよ。おじいちゃんも買ったはいいけど、そんなに使ったことはないんじゃないかしら。あ、でも、刃はきちんと研《と》いでいるらしいから、そこは安心して」

「それは安心できる材料になるのか……？」

アドバイスをくれる師匠《ししょう》はいない、か。ならば、手探《てさぐ》りでコツを探していくしかない。

ともあれ、チャレンジしてみよう。

劉生は自作のテーブルを引っ張り出してきて、木材を固定する台にする。

「ええと、均一の力で一気に、か」

スマホで鉋の使い方を検索《けんさく》してみると、そう書いてあった。たったこれだけのアドバイスがどこまで参考になるかわからないが、物は試《ため》しだ。

右手で鉋をしっかりと握って木材の表面に押し当て、左手は補助する形で添える。

えいっ、と小さく掛《か》け声《ごえ》を発し、前へ突き出した鉋を手前へグッと引き寄せる。

頭の中では、サーッと鉋が木材の表面を滑《すべ》り、長いレシートを吐《は》き出すレジスターみたいに薄い木が勢いよく削り出されるイメージがあった。

ところが現実では、ガタガタと不規則極《きわ》まりない手ごたえと、小刀で削った鉛筆《えんぴつ》の削りかすのような分厚く短い木片がほんのちょっぴり出ただけだった。

一回目はこんなものかと、二度三度と挑戦《ちょうせん》してみる。

しかし結果は一回目と全く同じだった。

へこたれることなく、四度五度六度と試みる。

だが、全然うまくなる兆《きざ》しがちっとも見えない。

「なんだこれ!?　無《む》茶《ちゃ》苦《く》茶《ちゃ》難しいぞ!?」

思わず悲鳴を上げてしまった。

器用さにはそれなりに自信がある。この家で色々な作業をしてきたが、どの工程も何度か試してみればなんとなく感覚が掴《つか》めて、それなりの形にできてきた。だが、鉋を使ったこの作業は、見かけ以上に難しく、上達できる予感がちっともしない。

「力の入れ具合がものすごくデリケートなんだな……」

刃と木材の表面を平行にしつつ、常にそれをキープするように力を均一にかけ続けなくてはならないようだ。見た目は豪快《ごうかい》な作業だが、その実かなり繊細《せんさい》な作業だ。教えてくれる先生がいない以上、手探りで何回もトライアンドエラーを繰《く》り返し、その中で正解を見つけていくしかないだろう。

なかなか大変そうだ。

だが、その大変の先に『綺麗な木材』というご褒美《ほうび》があるのなら、やらないわけにはいかない。というか、劉生はこういう結果やご褒美がわかりやすい地道な努力が大好きだったりする。

「ふっふっふ、やってやるぞぉ」

若干《じやっかん》気色悪い笑《え》みを漏らしつつ、気合を入れ直す。

「あの……ワタシはもう帰るんだけど」

シャッ！　シャッ!!

「あ～、全然ダメか。表面がガッタガタだな。これを床板《ゆかいた》にしちゃったら、絶対に扇奈はこける。ちょっと力の入れ具合を変えてみるか。少し肩の力を抜いてみよう」

スー……。

「これじゃ弱すぎか。もう少しだけ力を入れてみるか」

「高村くーん？」

スー、スー、スー。

「お、こっちの方がちょっといいような気がする。力を入れすぎても弱すぎてもダメか。正解の力加減を最初から最後までずっとキープし続ける、か。うーん、やっぱりムズイなこれ」

「おーい？　ワタシ、帰るわねー？」

「さっとやってすぐに棚でも作ってやるって思ってたけど、これは今日一日ずっとこれをやる勢いだな……」

「……ものすごい集中力」

鉋掛けに没頭《ぼっとう》していた劉生は、椋子がいつ帰ったのか全然気づかなかった。

いい加減何かよこせ！　と盛大《せいだい》に腹が飢《う》えを訴《うった》えて劉生が顔を上げた時、空は夕方から夜に差し掛かっていた。

スマホで時間を確認《かくにん》して、ゲ、と呻《うめ》く。

「もうこんな時間かよ。どうりで手元が見えにくいはずだ」

鉋掛けに集中しすぎて、時間のことなんかすっかり忘れていた。

「くそっ、もうちょっとでコツを掴めそうな感じなんだけどなぁ」

そろそろ帰らないといけない時間だが、帰りたくない。

何百回も鉋を前後に往復させて、ほんの少しだけコツが見えてきたような気がする。ものすごい低確率だが、なんとなくこれくらいなら許容範囲《はんい》じゃないか？　と思える削りが出るようになってきた。

続きは明日、とここで帰ってしまったら、かすかに見えてきたコツがまた見えなくなってしまいそうで怖《こわ》い。

縁側に置いてある藤井老人からもらったレジ袋を漁《あさ》り、気休めのビスケットを口の中に放《ほう》り込《こ》む。

「……泊《と》まるか」

モソモソするビスケットを咀嚼《そしゃく》しながら、思い付きをポツリと口にする。

今朝起きた時、泊まるつもりなんて微塵《みじん》もなかった。今日は小屋を解体して木材を調達したら帰る。そういう予定だった。

だが、鉋掛けが波に乗りかけている今のこの状況《じょうきょう》で帰るのはあまりにもったいない。ここはこのまま鉋掛けを続けてコツをしっかり掴むべきだ。なにより、鉋掛けが楽しくなってきた。もうちょっとやりたい。

食べ物もあるし、着替《きが》えも常備している。

一晩くらいなら特に問題はないだろう。

一泊《ぱく》する、か。

劉生は十六年の人生の中で、たった一人で一晩過ごしたことはない。家では両親、あるいはどちらかがいるのが常だし、ソロキャンプや一人旅の趣味《しゅみ》があるわけでもないので、当然と言えば当然だ。

だが、それゆえ一人暮らしに憧《あこが》れているし、今こうやって一晩一人で過ごすという選択《せんたく》肢《し》が目の前に転がってくると、言いようもないワクワク感が込み上げてくる。

数年後ならともかく、高校時代にこうやって一人で夜を明かす機会なんてそうそうないだろう。だったら、これを逃《の》がす手はない。

「よし、泊まるか！」

もとより、数年後にはここで暮らすつもりなのだ。予行演習をするのも悪くない。

この家で一晩過ごすとなると、色々と準備をしなくてはならないことがある。

まずは親に『今日は友達の家に泊まる』と連絡《れんらく》した。この家は扇奈の祖父の家なのだからウソにはならないだろう。

次にやるべきことは夕食、および朝食の用意だ。まだまだ育《そだ》ち盛《ざか》りのつもりなので、二食抜くなんて拷問《ごうもん》にも等しい。

最初、自炊《じすい》しようと考えた。

この家には米や調味料は常備されているし、畑に行けば野菜もある。扇奈が作り置きしている漬物《つけもの》やピクルスだってある。これだけの材料がそろっていれば、劉生でも簡単な料理くらいは作れるはずだ。

「ここでの料理は初めてだし、無難にいくか」

ご飯にみそ汁《しる》、野菜炒《いた》めくらいにしておこうと今晩の献立《こんだて》を決める。

早速調理に取り掛かろうとして——動きが止まった。

「米って、どうやって炊《た》くんだ……?」

劉生とてご飯を炊いたことくらいはある。しかしそれは炊飯器《すいはんき》という文明の利器を使ってのことだ。かまどを使って炊いた経験はない。それはいつでも扇奈の役目で、劉生は手伝ったことさえなかった。

スマホで調べればやり方はわかるだろう。だが、付《つ》け焼刃《やきば》の知識だけでどうにかなるとは思えない。微妙な水加減や火加減、土鍋《どなべ》やかまどの癖《くせ》、そういったものを把握《はあく》しておかなければおいしいご飯は炊けないだろう。

みそ汁や野菜炒めだって同様だ。作れることは作れる。しかし、コンロに頼り切りの現代人がいきなりかまどで調理して、果たしてうまくいくかどうか。

はっきり言って、おいしいものを作れる自信が全くない。

「…………」

芯《しん》が残った硬いご飯、味噌《みそ》の香りがすっかり飛んでしまい単なる塩汁《しおじる》と化したみそ汁、黒焦《くろこ》げになった野菜炒め。それらを一人でモソモソと食べる自分。

想像するだけで惨《みじ》めだ。

扇奈がいれば、そんなおいしくない食事でもギャアギャアと騒《さわ》がしく楽しく食べることができるだろう。だが、今ここに彼女《かのじょ》はいない。

「よし、わかった」

劉生は理解し、納得《なっとく》と共に頷いた。

コンビニへ、買い出しに行こう。


旧伏見家から最寄《もよ》りのコンビニまで自転車を飛ばしても二十分はかかる。

財布《さいふ》をポケットに突っ込んだ劉生は太陽の光がわずかに残る中、急いでコンビニに向かった。

「いらっしゃいませぇー」

やる気のない店員の声に迎《むか》えられ、店内に入る。宵《よい》の口《くち》だというのにお客の姿は一人もない。

いつもの劉生なら、わき目も振らずに雑誌コーナーへ足を向けるところだが、今日は立ち読みが目的ではない。買い物かごを手に、弁当総菜コーナーに向かう。

「やっぱ肉だな、肉」

迷うことなくとんかつ弁当をチョイスする。劉生の懐《ふところ》事情を考えるとちょっとお高いが、こういう特別な時にケチってもつまらない。

朝食はどれにしようと迷ったが、二食連続コンビニ弁当も味気ない。少しは食生活に変化をつけるべきだとカップ麺《めん》のコーナーに行き、とんこつ味のカップ麺を手に取った。

「他に必要なものってもうないよな」

呟きながら店内をグルリと回る。何しろ往復四十分かかるのだ、買い忘れがあってもホイホイここまで来ようとは思えない。

いつもの劉生では絶対に見ない陳列棚《ちんれつだな》も一つ一つ丹念《たんねん》に見ていく。と、文房具《ぶんぼうぐ》コーナーの隣で足を止めた。少々時期が早いが、色んな種類の花火が並べられている。

「花火か。なんか懐かしいな。最後にやったのはいつだったかなぁ」

屈《かが》んで花火セットを一つ手に取りながら、年寄りくさいことを呟く。

夏と言えば花火と言えるほど定番物だが、その実、見たことやったことは数えるほどしかない。不景気のあおりを食《く》らって花火大会は次々と打ち切りになっているし、公園などは花火禁止だ。

だが、あの家なら、旧伏見家なら、花火をすることができる。庭があるし、周辺の家には誰も住んでいないから苦情を言われる心配もない。

夏休みになったら、みんなと一緒《いっしょ》に思い切りするか。

花火にはしゃぐ扇奈を想像し、思わずほころぶ。そして、花火セットを元の場所に戻《もど》そうとして――ピタリと止まる。

「いや、今日もやるか……？」

花火は年に一回しかしてはいけないなんて法律はない。別に今日もやったっていいだろう。何しろ、今日は一晩一人で過ごすのだ。景気づけに花火をするのも悪くない。それに、扇奈がいないから危なっかしい遊び方もできる。

「よし！」

決意の声と共に買い物かごにポイポイと花火を放り込む。

手早く会計を済ませ、超特急《ちょうとっきゅう》で旧伏見家に戻る。ペダルを全力で漕《こ》ぐ劉生の気持ちは、完全に新しくゲットした玩具《おもちゃ》で早く遊びたい小学生だった。

帰宅すると、レンチンしてもらったとんかつ弁当は縁側にほっぽりだし、大急ぎでバケツに水を汲《く》んでくる。そして、庭に燃えやすいものがないかチェックして準備完了。

「どれからすっかなー」

ランタンとライターを両手に握《にぎ》る劉生の声は否応《いやおう》なく弾《はず》んでいた。

せっかくだからと色んな種類の花火を買ってきた。ランタンの明かりを頼りに、一番手を選ぶ。

「やっぱ、ここでしかできないのからするかな」

そう言って選び取ったのは、いくつもの赤い筒《つつ》が導火線で連結された花火、爆竹《ばくちく》だった。

近年遊びにくくなった花火の中でも、トップクラスに遊びにくい代物《しろもの》だ。だが、この旧伏見家ならば思う存分爆竹で遊べる。誰にも迷惑《めいわく》は掛からないし、誰にも苦情を言われない。注意すべきは火事だけだ。

「どうせだから、ド派手に鳴ってくれよ～」

爆竹の導火線にライターの火をそっと近づけ点火し、それを数メートル先にポイと放る。暗闇《くらやみ》の中赤い点がゆっくりと導火線を伝って、爆竹へ向かっていく。

パパパパパ、パンッ！　パンッ!!

小気味いい破裂音《はれつおん》が夜の静寂《せいじゃく》をぶち壊《こわ》す。

「お、おお～！」

思った以上に派手で大きな音だった。

ヤバイ、これは思った以上に楽しいかもしれない。劉生の少年心がバシバシと刺激される。

「よっし、次だ次！」

真っ暗な夜、ボロ家の庭で一人きりではしゃいで花火に興じる男子高校生。傍目《はため》からは滑稽《こっけい》かもしれない。だが、梅雨《つゆ》の湿《しめ》り気《け》を含《ふく》んだ空気を上書きする火薬のにおいが、否応なく気持ちを昂《たかぶ》らせてくる。

コンビニ袋《ぶくろ》をガサゴソ漁り、残っている爆竹を取り出す。

そして、再び導火線に火をつけようとして、ふと手が止まる。

「……待てよ」

「誰にも怒《おこ》られる心配がないんなら、無茶苦茶なことをやってみるのもありなんじゃないか……?」

動画サイトなどで花火にまとめて火をつけてみたなんて過激な動画がアップされているのをたまに見かける。あれの真似《まね》をしてみるのも面白《おもしろ》いのではないだろうか。もしここに扇奈がいたら、そんな危ないことは絶対にしない。だが、今日は劉生一人きりなのだ。一人でただ花火をするだけでも楽しいが、それだけでは芸がない。やってみよう。

爆竹の赤い箱を見つめる。十個入りで、一つは今消費した。残り九個。これにまとめて火をつけてもいいのだが、それだけでは動画で見るほどのインパクトは得られないだろう。どうせやるのなら、できるだけ派手な音をぶちかましたい。

しばし考えて、納屋《なや》から錆だらけのドラム缶《かん》を持ってきた。普段《ふだん》炭作りをするのに活用している代物だ。それを庭の中央に据《す》える。

そして、残っている九個の爆竹の導火線にまとめて火をつけて、ポイとドラム缶の中に放り込んだ。

数秒の沈黙《ちんもく》。

ゴ、ゴゴゴゴゴッ！　ゴンッ！　ゴンッ!!

爆竹の破裂音が重なり、狭《せま》い空間の中で閉《と》じ込められたせいで反響《はんきょう》が何度も何度も重なり、互いを増幅《ぞうふく》し合って、金属を殴《なぐ》ったような重い爆発音《ばくはつおん》になってしまった。

予想していたよりも何十倍もすさまじい音だった。あまりの音にしばらく身動きさえ取れなくなってしまう。

「ス、スゲェ……！」

耳の鼓膜《こまく》が痛い。残響音《ざんきょうおん》が頭の中に耳鳴りとして残っている。だが、そんなことどうでもいいくらい劉生のテンションは高くなっていた。

「次はスモークボールまとめてだ！」

それから劉生は、買ってきた花火を非推奨な方法で火をつけ遊び倒《たお》した。他人に見られたら、ガキかお前は、とあざ笑われるのが確定的なくらいはしゃぎまくった。怒られる心配も迷惑をかける心配もないので、のびのびと自由にできた。

誰の目も気遣《きづか》いも必要ないというのは、一人の大きな利点だ。いつか一人暮らしを始めたら、もっと本格的にとんでもないことをやってみて、動画サイトに動画をアップするのも面白いかもしれない。広告収入だけで食っていけるようになったらどうしよう、などと不遜《ふそん》なことも考えてしまう。

だがまあ、それは『いつか』の話だ。噴《ふ》き出し花火、俗《ぞく》にドラゴンと呼ばれている花火で今日は打ち止めである。

十個の円筒形《えんとうけい》の花火を五個ずつ二本の平行線ができるように地面に設置し、両手にライターを握る。

「せーのっ！」

クラウチングスタートの姿勢のまま走るように、左右の花火に次々と着火していく。

シャアアアア……。

十個の円筒形の花火は順番に光の柱を空に向かって噴き出し始めた。噴水《ふんすい》のように、あるいは噴火《ふんか》する山のように、キラキラと眩《まぶ》しい一瞬《いっしゅん》の輝《かがや》きを暗闇の中に数えきれないほど撒《ま》き散らす。思った以上に明るく、壮観《そうかん》だ。爆竹やスモークボールをまとめて点火するのは面白かったが、これが一番綺麗に見える。

イルミネーションに彩《いろど》られた道のようになっている花火の間を歩いてみることにした。右を見ても輝く光の柱、左を見ても光の柱。自分がド派手な舞台《ぶたい》の主役になったような高揚感《こうようかん》があった。

「花火、やっぱいいな」

満足げな面持《おもも》ちをしつつ、光の道を何度も往復する。

「今度は、打ち上げ花火を大量に買い込んで打ち上げまくってみるかな」

そんなことを考えているうちに、花火は段々勢いを弱め、光の柱は少しずつ短くなっていく。そして、役目を終えた花火から順番に沈黙していった。

シュ……。

十番目の花火が力尽《ちからつ》く。

音もなく、光もない。感じられるのは、花火が残した火薬のにおいとわずかな熱気のみ。

……扇奈に自慢《じまん》するために、写真でも撮《と》っておけばよかったな。

燃えカスとなった花火たちの中央で立ち尽《つ》くしたまま、ふとそんなことを思った。


使い終わった花火を水の入ったバケツの中に突っ込んで後片付けを終えた劉生は風呂《ふろ》に入ることにした。

花火の間ではしゃぎまくったせいで、火薬のにおいが体に染《し》みついてしまっている。なんとも煙《けむり》くさい。早く洗い落としてしまいたかった。

「花火やる前に、風呂沸かしとくんだったなー」

思い立ってもすぐに入浴できないのが、この家最大の問題点だ。

かまどで火を熾《おこ》し、いつも使っている石を火の中に押《お》し込んで熱を蓄《たくわ》えさせる。そして、その間に空のバケツを持って裏庭に回った。

「今日はどーっすかな。扇奈いないし、早く入りたいし、少なめにしとくか」

裏庭に据えられている錆色《さびいろ》の手押《てお》しポンプをせっせと上下に動かし、水を汲む。なみなみになるまで水を入れたバケツを抱《かか》えて風呂場《ふろば》に向かい、浴槽《よくそう》にバシャリと水を入れる。

裏庭に行く。ポンプを使って水を汲む。水が入った重たいバケツを風呂場に運ぶ。

この行程を何度も何度も繰り返す。この後には、火で熱した石を風呂場まで運ぶという作業もしなくてはならない。

かなりの重労働だ。

日が落ち、涼《すず》しくなってきているが、それでも汗をかいてしまう。

電気もガスも水道もないこの家では、風呂に入るのも一苦労だ。

だが、劉生はこの作業に不平不満を言ったことがない。二カ月以上この作業を繰り返していて、いい加減慣れたというのもある。自分がこの風呂を気に入っているというのもある。しかしそれ以上に、この作業は自分にしかできないことなんだという責任感があった。

こんな肉体労働を女の子の扇奈にさせるわけにはいかない。それに、彼女はいつも料理を作るために熱いかまどの前に立ちっぱなしだ。いつも劉生以上に汗をかいている。そんな彼女のためにお風呂くらいは用意してあげないと、男として立つ瀬《せ》がない。

「ま、こんなもんか」

今日は横着して、いつもより少なめの水でお風呂の水張りを終わらせた。

石が熱を溜《た》める間に、コンビニ弁当を食べる。レンチンしてもらったのだがすっかり冷めてしまって、とんかつは硬く、冷えて固まった油がギトギトして食べにくかった。花火ではしゃいですぐに食べなかったのは自分のせいなので、文句は言えないが、せっかく奮発したのにあまりおいしくない。

「ごちそーさま」

早々にコンビニ弁当を空にして、おざなりに合掌《がっしょう》する。あっという間の食事タイムだった。

かまどの石を風呂桶《ふろおけ》に投入するにはまだ早い。

「……鉋掛けの続きをやるか」

ただ待つだけというのも時間がもったいない。

ランタンの明かりとかまどの火を頼《たよ》りに、土間で鉋掛けを再開する。

シャッ、シャッ。

スー、スー。

スー……。スー……。

木材の表面が滑《なめ》らかになるように、力加減を試行錯誤《しこうさくご》しながら、ひたすら鉋を前後に動かし続ける。

劉生の集中を邪魔《じゃま》するものは何もない。

ただひたすらに、納得いくまで鉋掛けを繰り返していく。

滑らかに、滑らかに。ただそれだけを考えて、足を踏《ふ》ん張り、腰《こし》に力を入れ、鉋を掴んだ手を動かし続ける。

無心になっていく。雑念が消え、鉋掛けに不要な感覚も消えていく。

どのくらい鉋掛けを続けていたのか、自分ではわからない。

フッと息をつき、それが弾みで集中力がわずかに緩《ゆる》む。そして、自分の足元が鉋屑《かんなくず》だらけになっているのに気づいた。

「あっぶね……！」

近くに炎《ほのお》が燃《も》え盛《さか》るかまどがある。鉋屑に火がついたら大事になってしまう。慌《あわ》てて大きなゴミ袋を持ってきて鉋屑を押し込み、箒《ほうき》で掃《は》き清《きよ》めた。

ほっと一息ついてから、木材を触《さわ》って確認する。

「……素人《しろうと》がやったにしては、まあまあ、かな」

完全に滑らかになったわけではない、目を閉じて触ってみると、凹凸《おうとつ》があるのがよくわかる。時間を忘れて練習を繰り返してみても納得できるような表面には程遠《ほどとお》い。

やはり最初から最後まで完全に均一な力加減を維持《いじ》し続けて鉋掛けをするというのは、相当熟練した腕前《うでまえ》がないとできないようだ。いくら人より手先が器用な劉生でも、一朝一夕《いっちょういっせき》で習得できる技術ではない。

悔《くや》しいと思うと同時に、腕《うで》のいい職人ってやっぱりすごいんだなと実感する。

長時間集中し続けたせいか、糖分が欲《ほ》しくなった。藤井《ふじい》老人からもらったチョコレート菓子を口に放り込む。

「さて、どーすっかな……」

口の中に広がる甘《あま》みとカカオのにおいに安心感を覚えつつ考える。

まだまだ満足できないが、古い表面を除去して見た目が綺麗《きれい》な木材を得るという当初の目標は達成できた。とりあえずこれはこれとして終わり、他の好きなことをするのもいいが、せっかく頑張《がんば》ってリニューアルさせた木材なのだから、これを使って何か作りたいと思った。

しかし、一体何を作るべきか。

家の修理は時間がかかるし、ＬＥＤランタンしか明かりがないこの時間にやるのは少々危なっかしい。棚や台などは、扇奈の意見を聞いてからどんなものを作るか決めた方がいい。

「うーむ……」

木目をくっきりと見せるようになった木の板や角材を眺《なが》めながら、しばし考える。

やがて、いいことを思いついた。

比較的《ひかくてき》簡単に作れそうで、劉生にとってもあったら嬉《うれ》しいものが一つあった。

スマホでそれの正確なサイズを調べてから、作業に取り掛かる。

壁《かべ》だった木の板を採寸し、のこぎりでカットする。元々は掘《ほ》っ立て小屋《ごや》の壁だったので、横幅《よこはば》は足りるが縦が足りない。そこでもう一枚同じようにカットし、それをくっつけて長方形の板にする。長さがきちんと足りているのを確認してから、黒のマジックで淵《ふち》より数センチ内側に長方形のラインを引いた。

「本当は白のペンキで塗《ぬ》ってから黒枠《くろわく》を書きたかったんだがな……」

知らずそんな文句が口からこぼれてしまったが、ないものは仕方がない。

黒い四角を描《えが》き終えると、それを一番長い角材の上部に釘《くぎ》でしっかりと打ち付ける。

ここまでは予想通り簡単な作業だった。

「あとは、輪っかか」

ランタン片手に納屋に向かい、何か使えそうなものはないかと探したが、あいにく手ごろなものは見つからなかった。仕方がないので、輪っかも自分で作ることにする。

本来ならば金属製なのだが、そんなもの、ペンキ以上にないものねだりだ。竹を持ってきて、鉈《なた》で縦に割って細長い棒状にする。そしてそれを石を温めるために燃え続けるかまどの方に持って行った。

竹は熱すると柔《やわ》らかくなって、容易に曲げられるらしい。竹細工ではよく使われる技法だそうだ。

「うまくいってくれよー」

祈《いの》りつつ、細長くした竹をゆっくりと火に近づけていく。

変化はすぐに、劇的に現れた。

加減がわからないのでそろそろと臆病《おくびょう》に火に近づけていた竹は、いきなり何の予兆も見せず突然《とつぜん》ぐにゃりと曲がった。大して力を入れていないのに、簡単にUの字になる。

「おおおお！　スゲェ！」

先ほどの爆竹の時と同じくらいはしゃいだ声を出してしまう。堅い竹がここまで簡単に曲がるなんて思ってもみなかった。

この驚《おどろ》きを、扇奈と共有したくなる。

「なあなあ扇奈、これすごいと――あ……」

振《ふ》り向いても誰《だれ》もいない。

ただひたすらに暗い闇《やみ》があるのみ。

「……恥《は》ずかしいことやったな、俺《おれ》」

それこそ、今の劉生を見たら扇奈はお腹《なか》を抱えて笑うだろう。

だけど、笑われてもいいから今ここに扇奈にいてほしいと、そんな風に思ってしまった。


作ろうと思ったものを見事形にした劉生は、熱々のお風呂にゆっくりと浸《つ》かった後、奏が作ってくれた布団《ふとん》を居間のど真ん中に広げてその上に寝転《ねころ》んだ。

その布団は奏が嘆《なげ》いていたように薄《うす》っぺらな煎餅布団《せんべいぶとん》だったが、それでも畳《たたみ》の上に直接寝《ね》るよりははるかにマシで、そこに身を横たえているとなんだかホッとできた。

と同時に、周囲をぐるりと囲む暗闇が、この家に自分しかいないという事実も突《つ》き付けてくる。

扇奈が置いていったタブレット端末《たんまつ》で適当な動画を流しつつ、枕元《まくらもと》に置いたポテトチップスの袋に手を突っ込む。

「真っ暗な中で寝ながら動画見つつ菓子《かし》を食うなんて、家でやったら百パー母さんに怒られるよなぁ」

タブレットのディスプレイに視線を固定したままそんなことを呟《つぶや》くが、頭はまるで違《ちが》うことを考えていた。

先ほどやってしまった自分の行動についてだ。

今晩、一人でここに泊まる。

それは自分自身が決めたことで、劉生はこの時間を大いに楽しんでいた。一人だけの自由サイコー！　とガキみたいにはしゃいでいた。

だというのに、いるはずもない扇奈の姿を求めてしまった。

思い返すだけで恥ずかしい。布団の上でのたうち回りたくなる。誰かに見られたなら、黒歴史になるのは必定だ。

だが、赤面する一方で、扇奈という少女の存在が、自分の中で大きく、そして当たり前なものだったのか、痛感させられた。

「……腐《くさ》れ縁《えん》だと思っていたんだがな」

伏見扇奈という少女はびっくりするくらい不器用だ。

文字を書けば本人以外判読できないミミズがのたくったような字を書くし、楽器を持たせれば騒音《そうおん》としか形容できない音を奏《かな》でる。運動も得意ではないし、描いた絵は幼稚園児《ようちえんじ》のそれよりも劣《おと》る。

それらがそこそこできてしまう劉生からすれば、逆にどうしてこんな風にできるんだろうと首をひねってしまう。

おまけにうんざりするくらいうざったい。

彼女に自分以外の友人がいなかったから、劉生劉生といつだって付きまとおうとする。うっとうしいと思うことも度々あった。

「とんでもないことばっか、やられているよな。よく友達続けているもんだ、俺も」

今までやられてきた様々なからかいを思い返し、思わず笑ってしまう。

だが、その一方で救われているところもたくさんある。

毎日おいしい弁当を作ってくれているし、電気ガス水道がなくて不便極まりないこの家でも文句ひとつ言うことなく、素晴《すば》らしい料理を作ってくれている。

「うん、あいつの料理は滅茶苦茶《めちゃくちゃ》うまい」

自分に言い聞かせるまでもないくらい明白だ。

それだけではない。

些細《ささい》な喜びを共有し我《わ》がことのように喜んでくれるし、どうにもならない不満や怒《いか》りを分かち合ってくれる。作業がうまくいったらすごいすごいとはしゃいでくれるし、親の愚痴《ぐち》を言えばホントにひどいよねーと怒ってくれる。

親しい友人は他にもいる。だが、彼女ほど寄り添《そ》い、感情に触《ふ》れてくれる人間はどこにも存在しない。

「そう考えたら、あいつってすごいな」

塩味のポテトチップをパキリと鳴らす。

不器用な彼女の俺が面倒《めんどう》を見てやっている、という傲《おご》った考えが劉生の心のどこかにある。それは間違《まちが》いではない。劉生が扇奈の世話やフォローしたことは数えるときりがないほどだ。

だが、それはあくまで側面の一つでしかなく、彼女が劉生の面倒を見ているという面も大いにあった。

わかっていたつもりだった。だが、それは本当に『つもり』で実際にはきちんと理解していなかった。

たった一人で一晩過ごし、そのことを痛感する。

こうやってお試しに一人暮らしをしてみて思う。

一人暮らしは自由だ。

いつ何をしても誰にも咎《とが》められない。自分が思うままにしたいことをすればいいというこの解放感は実に素晴らしい。こうやって寝ながらお菓子を食べるなんて普通《ふつう》はできっこない。親にしろ、扇奈にしろ、こんな姿を目撃《もくげき》したら絶対に小言を言ってくる。こんなことをできるのは一人暮らしの最大の利点だ。

その一方で、ひどく孤独《こどく》だとも実感した。

楽しいこともつらいことも全てを自分一人で受け止め、消化していくしかない。それは、ひどく寂《さび》しく、つまらない。

――私も一緒に住むっていうのはどうかな？

ここを修理していつか暮らすと決めた時に扇奈が投げかけてきた言葉だ。

あの時は一笑《いっしょう》に付した。狭いアパートで家族三人暮らしている劉生は一人暮らしにずっと憧れていた。この家でなら思い切り自由に一人暮らしを謳歌《おうか》できるのに、どうして扇奈を加えなくてはならないというのか。ＯＫサインを出すはずがない問いかけだった。

……もしも、今ここに扇奈がいたらどうなのだろう？

だというのに、今、そんな疑問が湧《わ》いてしまう。

派手な見た目をしている彼女だが、あれでなかなか母親気質《きしつ》なところがある。行儀《ぎょうぎ》悪いからやめなさいと怒るだろうか。それとも、せっかくのお泊《とま》りなんだしと一緒にはしゃぐだろうか。

いずれにしても、こんなに静かということはありえない。いつだって賑《にぎ》やかを通り越《こ》して騒々《そうぞう》しいくらいの少女なのだから。

それをうっとおしいと思うこともある。人間、静かでいたい時もある。彼女と一緒にいると、静寂なんてものは向こうから絶縁状《ぜつえんじょう》を叩《たた》きつけられるくらいにありえない。

だが、裏を返せば、寂しいと感じることはなくなるだろう。

暗闇の中に、扇奈の幻《まぼろし》を見る。

今ここに扇奈がいたら、どういう気持ちになるのだろう?

また、同じ疑問が浮《う》かんだ。

翌朝、腕と足に強いかゆみを覚えて劉生は目を覚ました。寝ている間に虫に噛《か》まれたらしい。

「山が近いもんな。そりゃあ虫くらいいるか……」

あくびを漏らしながら、扇奈が用意していた虫刺《むしさ》されの薬を塗りたくる。

「さて、昨日作ったのを使ってみたいな」

朝日の中、改めて作り上げたものを見てみる。

ちゃんと形にはなっているが、強度的に大丈夫《だいじょうぶ》か不安もある。試験プレイをしてみたい。

しかしこれは、これだけでは何の意味もない。劉生が作れないものとセットでなくては、その役割を発揮できないのだ。

「誰が持ってるかな……？」

スマホを取り出しつつ考える。

扇奈は絶対に持っていない。奏も持っていないだろう。オタク気質の智也も持っている可能性はかなり低い。となると、あとは……。

「……椋子さん、持ってないかな？」

持っていると聞いたことはないが、なんとなく、持っていてもおかしくはない気がする。

ダメ元で、椋子にメッセを送ってみた。うまくいったら、今日持ってきてくれるかもしれない。

「よし、朝飯にするか」

朝飯、と言っても、昨晩買ってきたカップ麺で済ませるのだが。

かまどでお湯を沸《わ》かし、カップ麺を啜《すす》る。寝起《ねお》きの胃袋《いぶくろ》にとんこつ味のスープが染みた。

「——あれ？　自転車がある。ひょっとして、もういるの？」

土間で立ったままペラッペラのチャーシューを噛《か》みしめていると、庭の方から椋子の声が聞こえてきた。

「あ、おはようございます。椋子さん」

「おはよう、高村君。ずいぶんと早いわね。……ひょっとして、ここに泊《と》まったの？」

山行き用の格好をした椋子が恐る恐るといった面持ちで尋《たず》ねてくる。

「そうですけど。それが何か？」

椋子は奥《おく》の方をうかがいながら、

「もしかして、伏見さんと二人で泊まったのかしら？　夜明けのコーヒーを飲んでいる最中とかだったら、ワタシは何も見なかったことにしてすぐに帰るけれど」

「……あのねぇ」

何に怯《おび》えているのかと思ったら。

「昨晩は俺一人でここに泊まりました」

「ホントに？　無理に隠《かく》さなくてもいいのよ？」

「あいつのチャリ、ないでしょ。俺とあいつがこの家でそういうことをするとかありえないですよ。あと、『夜明けのコーヒー』って言い回しが古臭《ふるくさ》いです」

「いやだって、直接的な表現はさすがにはばかられるじゃない。知り合いのあられもない恰好《かっこう》を見たりしたら、どんなリアクションを取ればいいのかわからないし。まあ、そうじゃないのなら安心したわ」

劉生が口をへの字にして否定すると、彼女はほっと胸をなでおろした。考えすぎもいいところだ。この少女、案外妄想《もうそう》力高めらしい。

スープまで綺麗に飲み干し、空にしたカップ麺の容器を片付けながら、

「そんなことより、椋子さんこそずいぶん早いですね。ついさっきメッセ送ったばかりなのに」

「ここに来たのはついでよ。ワタシ、毎朝山に散歩に行ってるから」

「山を散歩、ですか」

家の裏側にある山を見上げる。

劉生も何度かこの山には入ったが、道なんて一切《いっさい》なかった。斜面《しゃめん》はデコボコだし、積もった落ち葉のせいでズルズルと滑《すべ》りやすい。とても散歩しようと思えるような場所ではない。

「で、メッセに書いていたものなんだけど、一応持ってきたわよ。革製《かわせい》じゃなくてゴム製

だけど」

そう言って、肩に提げていたバッグからリクエストされたものを取り出し、手渡してくれた。

「十分です十分です。ありがとうございます。おー、久々だなこのツブツブの手触《てざわ》り」

――ダム。

受け取ったバスケットボールを数度ついて、その感触《かんしょく》を楽しむ。

劉生が昨晩作ったのは、バスケットゴールだった。木の板をつないでゴール板にし、角材をポールにして、熱で曲げた竹を束ねてリングを作った。

「これを一晩中作ってたの？」

土間に寝かされているバスケットゴールを見つけた椋子が感心したように尋ねた。

「メインの目的は、鉋掛《かんなが》けの練習ですけどね」

「ふーん。あ、ゴール立てるなら手伝おうか」

「助かります」

椋子に手を貸してもらって、手製のバスケットゴールを庭の隅《すみ》に立ててみる。

「よしよし、見た目はちゃんとバスケのゴールになってるな」

贅沢《ぜいたく》を言えば、リングにネットを付けたかった。まあ、これはそのうち奏に頼《たの》もうと思う。

残る問題は、強度がちゃんとあるかどうかだ。

さっそく借りたボールをリングに入れようとしてシュート体勢になるが、そこでピタリと動きを止めた。

「そうだ。ボール持ってるってことは椋子さん、バスケできるんですよね？　よかったら、対戦しませんか？」

「ちょっとはやったことはあるけど……朝っぱらからバスケするの？」

椋子の眉間《みけん》にわずかにしわが刻まれる。

「テストプレイってことで、付き合ってくれませんか」

「伏見さんが来てから相手してもらえばいいじゃない」

「あいつは、スポーツ苦手なんですよ。奏と智也も。その点、椋子さんは得意そうじゃないですか」

あれだけ山を駆《か》け回っているのだから、運動神経が悪いとは思えない。

「ちょっとだけでいいんで、お願いします」

椋子は気が進まない様子だったが、パスすると、ゆっくりボールをつき始めた。

「……じゃあ、ちょっとだけ」

トーン、トーン、トーン。

「ありがとうございます」

礼を言い、ゴールの強度実験を兼《か》ねた1on1が始まる。

ボールを持った椋子がオフェンス、劉生がディフェンスでゲームはスタートした。

ダムダムダム。

ボールのリズムが早く、力強いものに変化していく。

「いくわよ」

彼女《かのじょ》のドリブルは非常に滑らかだった。

両腕《りょううで》を広げてディフェンスしていたが、するりと脇《わき》を抜《ぬ》かれ、あっという間にゴール下に切り込《こ》まれてしまう。

「早い！」

慌てて回り込んでブロックしようとしたが、全然間に合わない。

劉生が見ている前で長身の少女は軽《かろ》やかにジャンプし、お手本のような美しいフォームでシュートを放った。長い黒髪《くろかみ》が躍《おど》るように流れる。

長身の少女の手から放たれたボールは、ゴール板にぶつかり、竹製のリングにゴンとぶつかり、それから吸《す》い込まれるように輪の中を通過して地面に落下した。

「お、すごいすごい。全然壊れそうにないじゃない。さすがね、高村君」

衝撃《しょうげき》でブルブル震《ふる》える竹のリングを見上げつつ、椋子が感心した声を上げた。

「ダンクはさすがに無理だけど、普通に使うくらいなら壊れないんじゃない？」

「そうですね。これなら多分大丈夫でしょう」

製作者として、ゴールの強度に安心する。

「じゃあ、ここからは普通にバスケしましょうか」

「あら、まだやるの？」

「俺まだオフェンスやってないです」

「そうだったわね」

椋子が苦笑《くしょう》しながら、テンテンテンと転がるボールを拾い上げ、パスしてくれた。

「というか、椋子さんバスケうまいんですね。シュートフォームすごく綺麗でしたよ」

「ありがとう。二年くらいしてなかったけど、体はちゃんと覚えているみたいね。うん、今ので勘《かん》を取り戻《もど》せたかな」

「お、じゃあ、本格的に1on1できそうな感じなんですね」

「そうね、どうせやるならもうちょっと真剣《しんけん》にやることにするわ」

攻守《こうしゅ》が切り替《か》わる。

よし、俺も気持ちよくゴールを決めてやる、と意気込《いきご》んだ、その次の瞬間《しゅんかん》だった。

「……あれ？」

劉生の手の中から、ボールは消え失《う》せていた。

代わりに、得意げな顔をした椋子がボールをついている。

ダダダダダダ……。

そのドリブル音は、もはやボタンの連打みたいな音になっていた。

「え、ええ……？」

「敵の目の前で漫然《まんぜん》とボールを持っているって、ありえないわよ。それから、腰は低く。基本だから」

事態が呑《の》み込めずに当惑《とうわく》の表情を浮かべる劉生に、椋子が注意してくる。

「ひょっとして、椋子さんってガチプレイヤーですか？」

「高校はバスケのスポーツ推薦《すいせん》で入ったわ」

「ガチ中のガチじゃないか！」

「ほら、まだ腰が高い」

青ざめる劉生をあっという間に抜き去り、椋子はまたも華麗《かれい》にシュートを決めた。今度のシュートはゴール板にもリングにもぶつからない。全くの無音でボールはリングを通過していった。

……もしかして、さっきのシュートもゴールの頑丈《がんじょう》さを確認《かくにん》するために、わざとゴール板に当てるようにしたのか？

その疑念は、またあっさりボールを奪《うば》われて椋子がオフェンスになった時に確信に変わった。ボールはリングを一切揺《いっさいゆ》らすことなくリングの内側を通過していく。

「さ、次は高村君がオフェンスよ」

「いやいや、待った！　椋子さん、ストップ！　俺もシュートしたいんだけど！　お願いだからちょっと手を抜いて！」

「嫌《いや》よ。手を抜くなんてワタシのポリシーに反するわ」

「え」

腰を低く落とし、こちらを見据《みす》えている椋子の顔には『遊び』とか『ハンデ』とか、そんな不純物は一切見当たらなかった。

俺はひょっとして、とんでもない人にバスケ勝負を持ちかけたのではなかろうか。

そんなことを思い始める劉生の手の中にあったはずのバスケットボールは、またもいつの間にか消え失せていた。

それから何度も挑戦《ちょうせん》したが、結局劉生はシュートすることさえ許されなかった。

何をどうやっても、椋子にボールを奪われてしまう。

フェイントをかけてもたやすく見透《みす》かされてしまうし、スピードに乗ってカットインしても、あっという間に回り込まれてシュートコースをふさがれてしまう。ファウルまがいのパワープレイでボールを中に押し込もうとしても、彼女のブロックは強固で一歩も中に入れない。

ちょっとしたレクリエーションのつもりで誘《さそ》ったのに、椋子は滅茶苦茶強かった。悔しいが、遊びでかじった程度の劉生では全く歯が立たない。

だが、その一方で久しぶりにバスケットボールができて楽しかった。

「どうする？　まだやる？」

「まだやる！　せめて一本くらいシュート打たないと気が済まない！」

汗《あせ》だくになって挑《いど》み続ける劉生を見て、椋子がゲームセットを提案してきたが、即刻拒否《そっこくきょひ》した。このまま終わるなんて悔しすぎる。

「帰宅部にも意地があるんだよ！」

顎《あご》から大粒《おおつぶ》の汗を滴《したた》らせながら叫《さけ》ぶと、椋子は面白《おもしろ》そうにくすりと笑い、またダダダダダと超高速《ちょうこうそく》ドリブルを開始した。

これ、どうやって奪ってやろうか……！

涼子を親の仇《かたき》のように睨《にら》みつけながら、懸命《けんめい》に考える。

もはや正攻法《せいこうほう》では勝てないのは嫌というほど痛感した。卑怯《ひきょう》とかズルいとか非難されてもかまわない。とにかくこの年上の少女に一矢《いっし》報《むく》いたい。

「涼子さん、マジでバスケうまいですね。さっきスポーツ推薦で高校進学したって言ってましたけど、レギュラーだったんです？」

色々考えて思いついたのは、話しかけて涼子の集中力を削《そ》ぐという、なんともこすっからい作戦だった。

「一年の時からずっとスタメンだったわ」

「スゲー。期待のルーキーじゃないですか。ポジションはどこなんです？」

みっともない作戦は少しは効果を発揮したのか、涼子は矢のように鋭《するど》くインに切り込むことなく、立ち尽くしたままドリブルを続ける。

「フォワード。……だったわ」

「だった？　ポジション変わったんですか？」

ボールを見据えながら、質問を重ねる。

「違うわよ。部活そのものをやめたのよ」

椋子は一瞬《いっしゅん》間を作った後、

「ねえ高村君、キミはワタシが不登校なの、気づいてる？」

質問返しをしてきた。

「……まあ、薄々《うすうす》は」

向こうから振ってきたのだから誤魔化《ごまか》す必要はないだろうと素直《すなお》に頷《うなず》く。

椋子と知り合って一カ月ほど経《た》つが、いつもラフな部屋着かきっちりした山行きの格好ばかりで、制服姿を見たことがない。就職しているとか私服登校ＯＫの学校に通っているとか聞いたこともない。となると、不登校なのだろうと推測できた。

「厳密にいえば、もう中退しているから学生でもないんだけどね」

と、ボールをつきながら肩をすくめるという、何とも器用なことをする。

「そうなんですか？」

それは、少し意外だった。思わず、ボールから目が離《はな》れ、彼女の顔を見てしまう。

「なんでそんなことに……？」

「よくある話よ。さっき言ったように、ワタシ、高校はスポーツ推薦で入ったの」

と、椋子は帰宅部の劉生でも知っている高校の名前を口にした。県内トップクラスのスポーツ強豪校《きょうごうこう》で、色んなスポーツで全国大会に行っている高校だ。

「自分で言うのもなんだけど、期待の新人だったわ。実際に、それ相応の活躍《かつやく》をしてたと思う。……ううん、活躍しすぎちゃったかな。ポジションがかぶっちゃった先輩《せんぱい》に疎《うと》まれて、いじめられるようになっちゃったの。最悪だったのが、その先輩が部のリーダーポジションでね。他のメンバーもその先輩に乗っかってワタシをいじめるようになっちゃった」

淡々《たんたん》と話すが、聞かされる方は思わず渋《しぶ》い顔になってしまう。

部活動で爽《さわ》やかな汗を流す、なんてよく聞くが、必ずしもそんな明るい青春だけがあるとは限らない。暗く陰鬱《いんうつ》でドロドロとした話も部活動にはある。万年帰宅部の劉生には噂《うわさ》程度だが、そういう話を聞いたことはある。

「精神的に追い詰《つ》められて、おかしくなっちゃったワタシは部活を辞《や》めた。スポーツ推薦で入学している以上、高校も辞めるしかなくなっちゃったの。かくして、ワタシは運動系女子高生から引きこもりニートにジョブチェンジしたってわけ」

いじめというのは、そこらへんにいくらでも転がっているし、ほんの些細なことで発生してしまう。扇奈の傍《そば》にいた劉生は、それをよく知っている。

だから、こういう話は単純に腹が立つ。

不愉快《ふゆかい》な感情が顔に出てムッとしてしまうと、椋子の方は微笑《ほほえ》んだ。

ているの」

「あのバスケ部を辞めたのは正解だったと今でも思ってる。それで高校を退学したのも、後悔《こうかい》していない。きっとあのままだったらワタシは本当に壊《こわ》れちゃってた。本当に清々し

そう言う椋子の顔はさっぱりと明るいものだった。それだけに、いかに彼女の高校時代がつらかったかも透《す》けてしまう。

「それからのワタシは、自宅で高卒認定《にんてい》と大学受験のための勉強をするだけの日々を送ってるの。おじいちゃんが、引きこもりっぱなしのワタシを心配して、あれこれやってくれてるけどね」


ボールを腰のあたりでグルグルとハンドリングし始める。非常に滑らかでよどみないボール運びだ。

「正直、全然勉強に身が入っていない。だってキャンパスライフに全然魅力《みりょく》感じないんだもの。サークル？　ゼミ？　バイトしてお金貯《た》めて友達と海外旅行？　ちっともしたくない。もう人付き合いなんてしたくない。そう考えたら、勉強する気にならなくて」

「俺は大学入ったら、そういうことしまくりたいですけど、椋子さんの立場なら、そういう風に思うのもわからなくはないです」


大学はもちろん勉強をするための場所だ。だが、その一方でそれだけの場所ではないの

も事実だ。勉強以外の色んな活動や遊びを謳歌するための場所でもある。そして、それらには大抵《たいてい》人付き合いが付随《ふずい》する。

それらを拒絶《きょぜつ》するならば、大学生活に魅力を感じないのは無理からぬことである。

「引きこもり万歳《ばんざい》！　ぼっち最高！　人付き合いなんかもうするもんか！　親の目とか関係ない！　――って思ってたんだけど」

今度はボールの股《また》通しを始めた。忙《せわ》しなく椋子の股の間を何度も行き交《か》うボールが、オレンジ色のVの字の残像を作る。

「最近、友達とか、部活とか、そういうのも悪くないかなって思い始めたの。高村君たちを見ていてね」

「俺たち、ですか」

「だって、あなたたちがやっていることってワイワイ賑やかなサークル活動みたいじゃない。特にキミと伏見さん、いつもお祭りみたいじゃない。ああいうのを傍で見ていると、ちょっといいかもって思いもするわよ」

「お祭りって」

年中頭がハレの日みたいに言われても。

「褒《ほ》めてるのよ」

「言っときますけど、二十四時間賑やかで楽しいわけじゃないですよ。扇奈と一緒にいてうっとうしいって思うこともありますし」

劉生が苦い顔をしながら言うと、椋子はそうなのよねと首肯《しゅこう》した。

「当たり前のことなんだけど、誰かと一緒にいていつもいつも楽しいわけじゃない。逆を言えば、独りっていつもいつも気楽じゃない。自由で気楽だけど、ものすごく寂しくなる時もあって。ワタシ、いじめられる前は部活楽しかった。仲間と一緒にきつい練習して、顧問《こもん》の悪口言ったり、コンビニで買い食いするの好きだった。そういうの、思い出したの。物事って、何でも裏と表、いい面と悪い面がある」

椋子のドリブルする手が止まった。

「キミたちを見ていて、誰かと一緒にいるいい面を思い出しちゃった」

裏と表、いい面と悪い面、か。

それはひどく当たり前のことだ。だが、考えや物の見る方向が固まってしまうと忘れてしまうことでもある。

「……大学行って馴染《なじ》めなかったら、この家で色々手伝ってください。山の案内人がいてくれると、俺たちはすごく助かります」

劉生がそう言うと、椋子は子供のようにコクリと頷き、ふわりとジャンプした。

「まずは高卒認定、頑張《がんば》ってみようかな」

そんなことを言いながら、何でもないようにボールを放る。

「フェイダウェイ!? 漫画《まんが》でしか見たことないんだけど！」

後ろに倒《たお》れるようにジャンプしながら放たれたボールは、綺麗《きれい》な弧《こ》を描いてリングを通過していった。

§§§§§§§§§§§§§

昨晩、スマホにメッセを送っても全然既読《きどく》が付かないので、劉生はおじいちゃんの家に泊まったんじゃないか、と扇奈は予想していた。

大方、念願の木材が手に入ってはしゃいで作業に没頭《ぼっとう》するうちに暗くなり、だったらこの際ここに泊まろう！　とか考えたに違いない。実に彼《かれ》らしい。

だから扇奈は、日曜日の早朝早起きして一人でおじいちゃんちに行ってみることにした。朝ご飯を作ってあげようと思ったのだ。どうせ劉生のことだから適当なものを食べているに違いない。

「うっわあ！　今の入る!?　フォーム無茶苦茶《むちゃくちゃ》だったのに！」

電動自転車で桜ヶ丘《さくらがおか》の坂を一気に上り、おじいちゃんの家が見えてきた時に劉生の声が聞こえてきた。

ほらやっぱり。私が思った通り。

自分の予想が見事的中して、誰にともなく勝ち誇《ほこ》った。劉生の行動をピタリと当てられるのは嬉《うれ》しい。

だが、続いて聞こえてきた声と音はまるで予想外で、驚くしかなかった。

——ダム、ダム、ダム。

「シュートなんて入ればいいのよ。フォームなんてどうでもいいわ」

バスケットボールのドリブル音と、椋子の声。

「うーわ、経験者が言っちゃいけない台詞《せりふ》」

「経験者だから言うのよ。最終的にシュートが入ればそれでいいのよ。勝ちにつながればそれでよし、って顧問はよく言ってたわ」

「椋子さんの入ってたバスケ部、絶対に闇深いでしょ」

「否定しないわ」

そんなことを言いながら、劉生と椋子が庭でオレンジ色のボールを真剣に奪い合っている。まだ朝も早いというのに、二人とも汗ぐっしょりだ。汗が朝日に照らされて、キラキ

ラしている。

すごく楽しそうだ。

ゲームに集中しているらしく、扇奈が門扉《もんぴ》のあたりからじっと見ていても、全然気づく気配はない。

「……なんか、変なの」

バスケットボールに興じる二人を見ながら、口の中で小さく呟く。

劉生と椋子が、ではない。扇奈自身がだ。

普通、劉生と自分以外の女の子が二人きりで仲良くしていたら、嫉妬《しっと》の炎《ほのお》が胸の中で燃え上がり、あの泥棒猫《どろぼうねこ》すぐに引き剥《は》がしてやる！　とか考える。

ところが、劉生とものすごく仲良さそうにしている椋子を見ても、そんな黒い感情がちっとも湧いてこない。

二人きりで楽しそうにバスケットボールをしているのを見て、モヤモヤした気持ちにはなった。なったが、自分が思っていたほどの大きさではない。

こんなのおかしい。私らしくない。

自分でもそう思ってしまう。

ひょっとして、劉生に対する愛情が薄れてしまったのだろうか。

まさかまさか。そんなこと、天地がひっくり返ってもありえない。劉生を好きという気持ちは日に日に増している。

にもかかわらず、劉生と楽しそうにバスケットボールをしている椋子を見ても負の感情が湧いてこない。

扇奈は自分の心がわからず、二人を眺《なが》めながらどうしてだろうと考《かんが》え込む。

「あ、言っておくけど、基礎《きそ》のシュートフォームが大事なのは確かだからね。それができたうえでの変則シュートだから。シュート打つ時はきちんと基本を意識してね」

「そんなことを言うんなら、いい加減シュート打たせてくれませんか　俺《おれ》、マジで今日一本もシュートしてないんですけど」

「あら、そうだっけ？」

「そろそろ俺はバスケをしているのか、鬼《おに》ごっこしているのか、わからなくなってきています」

「鬼ごっこしたいの？　十代後半で鬼ごっこはちょっと……。あ、でも、高村君は伏見さんとたまにしているわよね。今の高校生って鬼ごっこが流行《はや》ってるの？」

「断じて流行っていないですし、したいわけでもないです。あと、あれは鬼ごっこじゃなくて、扇奈に追い回されているだけです」

「そうなんだ。すごく楽しそうにしているから好きなのかと思ってたわ」

と、椋子は話しながら、ひょいと気楽な動作でシュートを放った。

「今度はフックシュート⁉　そんなのもできるの⁉」

ボールは驚愕《きょうがく》する劉生の頭上を飛び越え、ものの見事にリングの中に入っていった。

「くそー、全然勝てる未来が見えねー。……あれ？　扇奈、来たのかよ」

庭の端《はし》の方へ転がるボールを追いかける劉生が、ようやく扇奈の存在に気づいた。

「ひょっとして、メッセ送ってたか？　だったら悪い、昨日の夜からほとんどスマホ見てないんだ」

声をかけられても、呆然《ぼうぜん》とした面持《おもも》ちで劉生と椋子を眺め続ける。

ああ、そうか。そうなんだ。

二人のやり取りを見ていて、なんとなくわかった気がした。

劉生と椋子の間に漂《ただよ》う空気がちっともうらやましくない。だから嫉妬の感情が湧いてこないのだ。

二人はとても楽しそうにバスケをしながら面白そうに会話をしている。だが、それは極《きわ》めて友達的で、全然男女関係を想起させない。椋子との会話は、男友達とのそれとものすごく匂《にお》いが似ている。だから、うらやましいと思わない。

そして、それは改めて一つの事実を浮き彫《ぼ》りにさせた。

自分は劉生の一番の友達で親友だ。劉生もそう言ってくれるし、それは扇奈にとって一つの誇りでありアイデンティティでもある。だが、扇奈はそれに満足していない。

「……そっか」

「ん？　どうかしたか？」

立ち尽《つ》くしたまま小さく口の中でつぶやく扇奈に劉生が近づいてくる。

汗まみれで汗臭《あせくさ》い。でも、ちっとも不快に思わない。それどころか、彼の存在を濃《こ》く感じられてドキドキしてしまう。

「んー、何でもない。劉生、やっぱりここに泊まってたんだ。朝ご飯作ってあげるよ」

「いや、さっきカップ麺《めん》食ったからいい」

「ちなみに昨日の夜は？」

「……コンビニ弁当でした」

睨むとあっさり自白した。

「栄養のバランス悪いから、野菜たっぷりのみそ汁《しる》くらい食べなさい」

「……はい」

「よろしい」

大人しくうなずく劉生を見て、扇奈は楽しくなってきた。

「よかったら、椋子さんも食べていきませんか？　運動したからお腹空《なか》いたんじゃないです？」

「ワタシもいいの？　じゃあ、お言葉に甘《あま》えて」

「椋子さん、みそ汁できるまでの間、もうちょっとだけバスケしましょう」

「いいわよ。でも、手を抜くつもりは一切ないからね」

畑で野菜を収穫《しゅうかく》する間も二人はバスケに興じ続ける。

楽しそうだなとは思う。でも、椋子のポジションを奪い取ろうとはやっぱり思えない。

あそこは、欲《ほ》しい場所じゃない。

「うん、やっぱり私は、劉生と恋人《こいびと》になりたいんだ」

そんな当たり前のことを、今更《いまさら》ながらに強く自覚した。

4章 抱きしめたい

watashi to issho ni sumutte iunoha dokana?

次の週の金曜日も、雨が降るのか降らないのか、なんとも判断がつかない微妙《びみょう》な空模様だった。まだまだ梅雨《つゆ》は続きそうだ。

「劉生《りゅうせい》、今日はどうする？」

六時間目の授業が終わって二年一組の教室にやってきた扇奈《せんな》が、窓からどんよりとした灰色の空を窺《うかが》う。

それに対し、劉生は即答《そくとう》した。

「もちろん行く」

綺麗な木材が手に入ったので、旧伏見《ふしみ》家の修理が今ものすごく楽しい。行かないという選択肢《せんたくし》は頭の中に微塵《みじん》もなかった。

「最悪、雨が降っても、またお前の親父《おやじ》さんを呼べばいいだろ」

「人の親をタクシー代わりに使わないでほしいんだけど」

ダボダボのセーターの袖口《そでぐち》をいじる扇奈に、苦笑された。

「じゃあ、今日も行こっか！　奏《かなで》たちはどうするんだろ？」

もはやすっかり旧伏見家の仲間と認識《にんしき》している智也《ともや》と奏に声をかける。

「あ、ゴメン。僕《ぼく》は今日はバイト。明日は行けると思うけど」

と、智也は断り、

「すみません、わたしも今日は遠慮《えんりょ》させていただきます。今日は家の用事がありまして」

奏も旧伏見家行きを辞退した。

「そっか、二人とも無理なんだ。それは残念」

扇奈が素直に残念がる。

智也は意外そうに目を丸くして、

「あれ？　伏見さん、僕が行かないのも残念なの？」

「今日は梅の氷砂糖漬《づ》けの試飲をしようと思ってたのよ。二人も梅の収穫《しゅうかく》とヘタ取り頑張《がんば》ったんだから、試飲する権利はあるじゃない」

「そう言ってくれると嬉しいね。ちょっと残念だけど、明日飲ませてもらうよ」

実際智也は残念そうに顔を曇《くも》らせつつ、足早に教室を出ていった。

「それでは、わたしも失礼しますね」

そう言って奏も退室しようとする。

と、その途中《とちゅう》で足を止め、トテテと引き返してきた。

「扇奈さん、お伝えするの忘れてました。ミシンの脇に新しく作った服を置いてありますから、よかったら使ってください。そのうえで感想を聞かせてくれると嬉しいです」

「あ、そうなんだ。わかった、どんな服か知らないけど着てみるね」

「がんばってくださいね」

「うん？　うん。きちんと試着するよ。安心して」

扇奈がうなずくと、奏はわずかに微笑み、今度こそさようならと帰っていった。

「じゃ、行こっか」

「おう」

いつものように自転車で旧伏見家に向かう。

「なあ、氷砂糖も楽しみなんだが、梅干しの方はいつくらいになるんだ？」

ペダルを漕《こ》ぎながら尋ねる。

「そっちはまだまだ先だよ。この間赤紫蘇《あかじそ》を入れて漬け始めたんだから。まだ一回も干してないでしょ。梅干しって、名前の通り天日干ししないといけないんだよ」

「そうなのか。初めて知った」

「私もネットでの受け売りだけどね。形になるのは夏過ぎくらいじゃないかなぁ」

「夏、か。早く夏になってほしいな」

ほとんど無意識に空を見上げる。灰色の空に夏の気配は感じられない。

「ねぇねぇ、夏になったら何かやりたいことある?」

夏に思いを馳《は》せていると、肩を並べて自転車を走らせる扇奈がそんなことを聞いてきた。

「まずは花火だな」

考えるまでもなく、これは絶対に外せない。この間、一人でやって実に楽しかった。扇奈たちと一緒にやったらもっと楽しいに違《ちが》いない。

「あとは、家は関係ないけど、泳ぎに行きたいかな」

「え、海……?」

扇奈が難色を示す。

その理由はすぐに察せられた。彼女はその容姿と大きな胸のせいで好色の視線とナンパ目的の男を集めてしまう。それが嫌なのだ。

それはもちろんわかっているので、彼女を海に連れて行こうとは思っていない。

「別に海じゃなくても泳げるだろ。川とか」

「え、高校生にもなって川で遊ぶの? それも嫌だなぁ」

「なら、庭にプール作るか。四角く穴掘《ほ》ってコンクリートで固めたらいけるだろ」

「排水《はいすい》とかどうすんの」

「おっと、扇奈にそんなツッコミをされるとは思わなかった」

「ちょっと考えただけでわかるわよ。逆に、なんでそんなに泳ぎたいのかがわからない。……あ、ひょっとして」

と、そこで扇奈がにんまり笑い、

「劉生ってば私の水着姿見たいとか？　そうでしょ？　そうなんでしょ！」

並走《へいそう》しながらこちらの腕《うで》をバシバシ叩《たた》き出す。

「おいこら、片手運転は危ないぞ」

たしなめつつ、ひっそり嘆息《たんそく》する。

扇奈の水着姿を見たいか見たくないかと聞かれれば、それはもちろん見たい。

今まで透けブラとか風呂《ふろ》上がりのバスタオル一枚とか種々の扇情的《せんじょうてき》な恰好《かっこう》を見てきたが、水着姿は一度も見たことない。きっとまた一味違う破壊力《はかいりょく》を持っているのだろう。

もっとも、それを素直に口に出すなんて、絶対にしないが。

「お前、最近よく食べてるけど、水着姿なんて晒《さら》せるのか？　体のあちこちがぶよんぶよんでも慰《なぐさ》めるとかフォローするとか一切《いっさい》しないからな」

「カロリーコントロールはきちんとしてるってば！　それに、女の子は多少お肉があった方が可愛《かわい》いの！」

「そういう弁解をするということは、マジで体重増えたんじゃないのか？」

「う……」

あてずっぽうで適当なことを言ったのだが、扇奈は叩くのをピタリとやめてしまった。

「ち、違うの！　太ったわけじゃないから！　胸が大きくなっただけなんだから！　本当に！　ウソじゃないの！」

「はいはい、そういうことにしておくよ。あと、道の真ん中でそういうことをデカイ声で言うのはやめような」

扇奈の必死の弁明を聞き流しながら、自転車を走らせ続ける。

本当に、こいつといると、いつだって賑《にぎ》やかでやかましい。


旧伏見家に到着《とうちゃく》したタイミングでスマホをチェックした。先ほど椋子《りょうこ》に、来ませんかとメッセージを送ったのだが、既読になっていない。

「こりゃあ椋子さんも来そうにないな」

多分、勉強を頑張っているのだろう。

「なんか、完全に私たち二人だけってずいぶん久しぶりじゃない？」

「そうか？　そんなことないだろ」

実際、そんなに久しぶりではない。土日はともかく、平日は結構な頻度《ひんど》で劉生と扇奈の二人しかいない日はある。だが、そんな気がしてしまうのは、劉生も同じだった。

……なんか、変な感じだな。

言語化できない微妙な違和感《いわかん》を覚える。それほどまでに奏や智也たちがいることが当たり前になったのだろうか。

「それより、梅の氷砂糖漬けの試飲しようぜ。チャリ走らせてのど渇《かわ》いた」

掴《つか》みどころにない引っかかりの正体を探《さぐ》ることを早々に放棄《ほうき》し、土間の隅《すみ》に置かれているガラス瓶《びん》を指さす。

「あ、そうだね。じゃあさっそく飲んでみよっか」

二週間ほど前に青梅と氷砂糖を詰め込んだガラス瓶の中では、薄《うす》い琥珀色《こはくいろ》をした液体がだいぶ増えている。梅の果汁《かじゅう》が氷砂糖をゆっくりと溶《と》かして生じたシロップだ。

「綺麗な色だな」

ふたを開けると、甘くて青い梅のにおいが立ち上ってくる。

「本当はもう少し待った方がいいらしいんだけどね。氷砂糖がまだ形を残してるし」

「ここまできてお預けはつらいって」

「だよね。じゃあ、奏たちには悪いけど、二人で飲んでみよっか」

扇奈がサマーセーターの袖《そで》をまくって、小さなレードルを握《にぎ》りしめた。

「シロップどのくらいがいいのかわからないから、適当に入れるよー？」

「自分で調節する」

とろりとした琥珀色がコップに三分の一ほど注がれる。それを受け取ると、汲《く》んできたばかりの井戸水を注いでスプーンで軽くかきまぜた。

「そんじゃ、いただきます」

「いただきます」

コップをコツンと合わせて乾杯《かんぱい》してから、口に運ぶ。

「うん。うまい」

一息に飲み干した口からシンプルな感想がこぼれる。梅の香りと優しい甘みが喉を通過するのが心地いい。

「ホント、おいしいね、これ。夏にぴったりかも」

扇奈も嬉しそうに感想を口にした。

「私は炭酸で割ったらいいと思う」

「あ、いいな。奏たちが来た時にそっちも試《ため》してみようぜ」

言いながら、二杯《はい》目の梅ジュースを作る。

また一つ、この家で作ったものが一つ増えた。それが素直に嬉しい。

「さて、そろそろ作業にかかるか」

二杯目も空にして、気合を入れ直す。

「扇奈は何をするんだ？」

「畑の手入れだけやっちゃおうかな。あとは、夕飯の支度《したく》。劉生は？」

「俺は、廊下《ろうか》の修理だな」

床板《ゆかいた》にできる木材が手に入ったのだから、さっさとやってしまおうと思っていた。

床が綺麗になったら、扇奈がこける心配がなくなる。

スカートがめくれて激怒《げきど》する彼女《かのじょ》に追いかけ回されるなんて、もう二度と経験したくない。

§§§§§§§§§§§§§§§

トントントン、と劉生がリズムよく釘《くぎ》を打つ音が聞こえる。

音を聞くだけで、彼が楽しんでいるのがわかってしまう。

「劉生なら、ホントにここを住めるくらいに直しちゃうかも」

扇奈は畑で今晩の食材を調達しながら、そんなことを呟《つぶや》いた。

四月にお父さんに「ここに住む」と啖呵《たんか》を切った時、扇奈もさすがにそれは無理なのではと内心思ったが、この調子ならばあるいは本当にこの家は人が住めるレベルにまで息を吹《ふ》き返すかもしれない。

この家はおじいちゃんが住んでいた家だ。取り壊されることなく、存続し続けたら孫娘《まごむすめ》としては嬉しい。

だが、この家に劉生が住むとなると、感情が複雑になってしまう。

理由は単純、この家が一人で住むには広すぎるからだ。

どう考えたって、扇奈が住む余地はある。しかし、当の劉生はそれはお断りだと拒絶する。この家は扇奈のおじいちゃんの家だ。扇奈は劉生の専門外の料理ができる。この家の修理にも携《たずさ》わっている。二人は仲がいい。扇奈がこの家に住む権利や理由は十分すぎるほどあると思う。

なのに、劉生は一緒に住むのはノーと言う。

なんでよ⁉　と叫びたくなるのもむべなるかな、だ。

……いやまあ、冷静に考えれば、自分が言ってることはなかなか無茶《むちゃ》だと自覚はしている。

常識的に考えて、いくら仲良くても、友人関係でしかない男女が一緒に住むというのは、奇妙《きみょう》なものだ。現時点で、扇奈を友達としてしか見ていない劉生が拒否《きょひ》するのは、当然と言えば当然である。

つまり、劉生は扇奈と恋人関係になる気はない、ということだ。

だから、一人暮らしのために懸命に頑張る劉生を見ていると、複雑な気持ちになってしまう。

先日劉生と椋子の関係性を見て、自分が劉生と恋人になりたいという願望がそれまで以上に強くなった。

頑張ろう！　と思った。

だけど、今まで以上に何をすればいいのだろう。

今の時点で扇奈なりにかなり努力しているつもりだ。これ以上劉生に自分を女として意識させ恋心《こいごころ》を抱かせる有効な手段が思いつかない。

「あ、そういえば」

ツヤツヤしたピーマンを収穫している最中に、奏が新しい服を置いておくと言っていたのを思い出した。どんな服か知らないが試着して、感想を言ってあげなくては。

野菜を入れた竹籠《たけかご》を調理台に運んでおいて、裁縫室《さいほう》に向かう。

途中、床にうずくまるように作業を続けている劉生の横を通ると、子供のようにキラキラした目が見上げてきた。

「扇奈、床こんな感じになるんだがどうだ？」

「あ、綺麗になってる」

「傷《いた》んだ床をカットして、そこにパズルのピースをはめるみたいに新しい板をはめ込《こ》む感じにしたんだ。つぎはぎ感は出ちゃうけど、強度も十分ある。これで扇奈も転んでスカートをペローンとかしなくなるな」

劉生の余計な一言に、目つきが鋭くなる。

「……踏《ふ》むよ？　踵《かかと》に力を入れてグリグリと」

「おいやめろ、俺はそういう趣味《しゅみ》はない」

劉生と軽口を叩いてから、裁縫室に向かう。

白い漆喰《しっくい》の壁《かべ》に囲まれた、まるで保健室のように清潔感溢《あふ》れる空間に入る。足踏《あしぶ》みミシンと、作業台と、小さな棚《たな》があるだけの簡素の部屋だ。棚には裁縫の本と使いかけの生地《きじ》がきちんと整頓《せいとん》されて保管されている。他に余計なものは一切ない。なんともこの部屋の住人らしい。

「ええと、ミシンの脇《わき》って言っていたっけ……」

確認《かくにん》するように呟きながら、足踏みミシンの傍《かたわ》らに向かう。

それも、製作者の性格を表すかのようにピシリと折り目正しく畳《たた》まれていた。

あまりにきちんと畳まれすぎていて、それがどういう服なのかさっぱりわからない。パッと見、布が四角く折りたたまれているようにしか見えなかった。

「これ、なんだろう……？」

プレゼントボックスを開ける時の気持ちになりながら、服を広げてみる。

淡《あわ》いパステルピンクの上下で、ゆったりとしたサイズ、襟元《えりもと》や裾《すそ》に白いステッチが入っていた。

「パジャマ……？」

それはどこからどう見ても、パジャマだった。

さらに、ピンク色のパジャマの下に、もう一着服があるのに気づく。ステッチはなく、色もパステルブルーだが、こちらも同じくパジャマだ。

女用と男用のお揃《そろ》いのパジャマにしか見えない。

なんでパジャマ？　と一瞬思う。

最近はカーテンや布団《ふとん》といったものも作るようになったが、いかに体にフィットした服を作るか、を命題にしている奏の作品としては、違和感を覚えてしまう。

ピンクとブルーのパジャマを広げて、しげしげと眺める。

――がんばってくださいね。

教室での別《わか》れ際《ぎわ》に奏が言った言葉が頭の中でリフレインされる。

「……そっか。そういうことか」

あの言葉は、試着をきちんとしてくれ、という意味ではなかったのだ。

「この間一緒《いっしょ》に買い物に行った時の約束、守ってくれたんだ」

話の流れで出た言葉だと思っていた。扇奈はすっかり忘れていた。しかし、奏は彼女なりの方法で守ってくれたのだ。

自分のために損得なしに動いてくれる人間は、劉生以外いないと思っていた。劉生以外の人間に興味なかったし、他の人間と仲良くなりたいと思いもしなかった。

奏とのつながりは運命的でも何でもない。間に劉生という仲人《なこうど》がいたからこそ成立した関係だ。簡潔に言ってしまえば、友達の友達だったから、というなんともありきたりな理由である。だが、ちょっとずつ話すようになって、時間を共有するようになって、劉生抜《ぬ》きでお出かけするくらいになっていった。

彼女は、私の友達だ。

今の扇奈なら、胸を張ってそう言える。

二着のパジャマを一度だけギュッと抱きしめた。

「……よし！」

気合を入れて、裁縫室を後にする。

そして力強く短い廊下を歩き、いまだに床に這《は》いつくばるようにしてトンカチを振《ふ》るっている劉生の元へ戻《もど》る。

足音で顔を上げた彼は、こちらが抱《かか》えているものにすぐに気づいた。

「お、それが奏の新作か？　へえ、パジャマか。着心地《きごこち》よさそうじゃん」

「うん、私の分と、劉生の分」

と、ブルーの方を手渡《てわた》す。

「俺の分もあるのか。俺はいつもスウェットとかジャージとかで寝《ね》ているから、パジャマってガキの頃《ころ》以来着ていないなぁ。ある意味懐《なつ》かしいな」

受け取ったパジャマを物珍《ものめずら》しげに眺める。

「せっかく奏が作ってくれたんだ。今晩にでも着てみるよ」

と、言いながらパジャマを扇奈に返却《へんきゃく》する。

「あ、あのね」

会話はとりあえずこれで終わりとトンカチを振り上げる劉生に、ストップをかける。

本番は、ここからだ。

勇気を出して、思いを口にする。

「あのね、今晩これを試着するために、パジャマパーティーしない？」

「……ここで？」

「うん。お互《たが》いこのパジャマ着て、見た目や着心地の感想を言い合ったら、奏喜ぶでしょ」

もちろんわかっている。全然理論立っていない無理くりな屁理屈《へりくつ》だということは。

パジャマの着心地なんて、それぞれ自分の家で着ればいい。そうしなくても、ここでちょっと着てみれば済むことだ。わざわざ一晩ここで過ごす必要性なんてどこにもない。

でも、思いついてしまったし、奏はきっとこれを言うきっかけになればと二着のパジャマを作ってくれた。

だったら、言うしかない。

「ここにお前と一緒に泊《と》まる、か……」

劉生はさして驚《おどろ》いた様子も見せず、言葉を咀嚼《そしやく》するようにゆっくりと口を動かし考え込《こ》む。

きっと断るんだろうなぁ。

勇気を出して言ってみたものの、成功率が高くないのはわかっていた。

この前、扇奈のお父さんという天敵を召喚《しょうかん》してまでお泊《と》まりを拒否した劉生である。あれから二週間しか経《た》っていないのに、パジャマの試着というこじつけな目的のために二人で一晩過ごしてくれるとは到底《とうてい》思えない。

だけど、わざわざ作ってくれた奏の思いに応えるためにも、これをきっかけに押《お》してやろうと決めていた。ごり押しでもなんでもいい。劉生が根負けするまで押して押して押しまくってやる。

かかってこい、とこれから決闘《けっとう》でも始める気持ちで身構える。

だから、劉生が次に言った言葉は予想外すぎるものだった。

「そうだな、一晩着てみた方がより細かい感想が言えるし、お互い見合った方が本人が気づかないことにも気づくかもしれないな。明日は土曜だし、一泊《ぱく》するか」

気軽に首を縦に振り、それから今度こそトンカチを振るい出す。

トントントン。

軽快な音が響《ひび》く。

「…………………え」

意味のない声が喉《のど》から出たのは、たっぷり五分は経過してからだった。

『一泊するか』って言った？　それってどう考えてもイエスってことだよね？

嬉しいけれど思いがけなさすぎる返答に混乱してしまい、フリーズしてしまう。

トントントン。

固まる扇奈の足元で、劉生は機械のように規則正しいリズムを刻み続ける。

学校で見た時はいつ降り出してもおかしくないほどどんよりと曇っていたのに、いつの間にか雲の切れ間から夕陽《ゆうひ》が差し込んでいた。

今日はもう、雨は降りそうにない。

§§§§§§§§§§§§§

扇奈が、劉生は一体どうしちゃったんだろうと目を白黒させているが、別段大層な理由や考えがあるわけではない。

先週は一人でここに泊まったから、今週は二人で泊まってみたらどうだろう、と考えたのだ。

……いや、それだけ、というわけでもないのは、自分でもわかってはいるのだが。

とはいえ、あまり深くは考えていない。より正確にいえば、深く考えないようにして、扇奈の提案を了承《りょうしょう》した。

なので、一晩泊まることになったとしても、やることは変わらない。

床の修理を気が済むまでやって、それと並行《へいこう》して、お風呂を沸《わ》かす。この間は少なめだったから、今日はなみなみになるまで水を入れてやった。

浴槽《よくそう》ギリギリまで井戸水を入れてやって、一息つく。

「……肉体労働してるんだから、少しは筋肉がつけばいいのに」

乳酸が溜《た》まった感触《かんしょく》のある上腕《じょうわん》二頭筋を眺めながら、無念を込めてつぶやく。

この家で色々やるようになり、力仕事もかなりこなしているのだが全然筋肉がついてくれない。体質なのか、体の使い方がおかしいのか、筋肉を作るための栄養素が何か足りていないのか。もっとも、劉生がムキムキマッチョになったら奏が悲しむだろうから、これはこれでいいのかもしれない。彼女が声をかけてきたのは、劉生の体が実に平均だから、という男としてはなんとも喜びにくい理由からだった。

水を温めるための石を、扇奈が料理をしているかまどにいくつか放《ほう》り込む。

「劉生、もうちょっと待っててねー。おいしいのできるから」

鍋《なべ》から目を離《はな》さずに扇奈が言う。

「今晩のメニューはなんだ？」

「野菜たくさんのドリアと同じく野菜たっぷりのスープとサラダ！」

「健康的だな」

「野菜たくさんあるんだもん。それに、おいしいでしょ」

「まあな」

相槌《あいづち》を打ちながら彼女の顔を眺める。かまどの赤い炎に照らされて、ピカピカ光って見えた。

「…………」

いつもなら、また別のところに行って作業をするところだ。

だが、熱いかまどの前で料理をしている扇奈の顔を眺めていると、今まで言ったことない提案を言ってみたくなった。

「……俺も一品作っていいか？」

「劉生が料理⁉」

当然のように扇奈が目を見開き、仰天《ぎょうてん》する。

「そんなに驚くことかよ。俺だって一応作れるぞ」

母親が不在の時、夕飯の支度をすることはあるので、劉生も料理は全くできないわけではない。ただし、レパートリーは家庭科の調理実習で習ったものしかない。

「いやいや！　そういうことじゃなくて！　今までそんなこと言ったことないじゃない！　どういうつもり!?」

自分の得意分野を侵《おか》されるとでも考えたのか、なつかない猫《ねこ》のように警戒心《けいかいしん》を剥《む》き出しにする。

「おいこら、まるで悪だくみしているみたいに言うな。単なる気まぐれだ」

実際、気まぐれな思い付きだ。

扇奈と一泊するなんて今までしたことないことをするのだから、普段《ふだん》しないことをしようと思った。この間はコンビニ弁当とカップ麺で済ませたから、今日は料理を作ってみようと思った。それだけである。

「考えたら、俺はいつも作ってもらうだけで、作ったことがないなって。いい機会だし、食べてもらおうかな、と」

正直に考えを吐露《とろ》すると、扇奈は警戒《けいかい》を少し解き、うーんと考え込む。

「劉生の料理、か。そういえば、食べたこと、ないね。……食べてみたいかも。それに、並んで料理作るっていいかもね」

次第《しだい》に劉生の料理が楽しみになってきたのか、瞳《ひとみ》がキラキラと輝《かがや》きだした。

なので、一応釘を刺《さ》しておく。

「俺《おれ》が作れるのは、野菜炒《いた》めくらいだからな。期待はすんな」

「そうだ、エプロン着けない？　奏が作ってくれた可愛いエプロンがあるんだよ」

「普段からエプロン着ける習慣ないからいらない。というか、そのスマホはなんだ？」

「エプロン姿の劉生を写真に収めようと思って」

「智也みたいなことをすんなよ」

扇奈が着けさせようとする真っ赤な花柄《はながら》エプロンを断固拒否して、調理台に立つ。

この調理台は劉生自身が作ったものだが、実際に使うのはこれが初めてだった。扇奈の身長に合わせて作ったので劉生には少し使いにくい調理台に乗せた野菜をザクザクと適当に切っていく。

「あ、あ、野菜の大きさは揃えた方がいいと思うんだけど」

自分だけエプロン姿になった扇奈が、興味半分ハラハラ半分の面持ちで眺《なが》める。

「いいんだよ、適当で」

彼女の忠告を軽く聞き流し、切った野菜をまとめてバサッとフライパンに放り込んでいく。

「あ、あ、あ、火が通りにくい硬い野菜から順番に入れていった方がいいんだけど」

「ドンマイ気にするな。生じゃ食えない野菜は入っていない」

またもアドバイスをスルーされた扇奈が何とも言えない表情で、奇妙なことを言い出した。

「そういう問題じゃないんだけど。……劉生、結構オタクなんだね」

「は？　俺がオタク？」

漫画《まんが》やゲームは好きだが、ガッツリやるほどではない。寝食《しんしょく》忘れてやり込んだことはないし、小遣《こづか》い全部をスマホゲームの課金に突《つ》っ込んだこともない。オタクと言われたのは人生初だ。

意味がわからず怪訝《けげん》な顔をすると、

「だって、テーブルとか椅子《いす》とか作る時はあんなに几帳面《きちょうめん》かつ凝《こ》り性《しょう》なのに、料理に関してはおおざっぱすぎるじゃない。自分が好きなことにだけ異様に情熱と労力を発揮して、他のことには全然興味を示さないってオタク気質《きしつ》だよ。物作りオタクだね」

「なるほど、そう言われたらそうかもな」

かまどの火の上に乗せたフライパンを豪快《ごうかい》に煽《あお》りつつ、苦笑《くしょう》混じりに同意する。彼女の言う通り、興味あるなし好き嫌《きら》いがはっきりしている方だと自分でも思う。興味あるものには惜《お》しみない愛情と熱意と努力を注ぐことができるが、興味ないものには誰《だれ》に何と言われようと一顧《いっこ》だにしない。そういうところがある。

「俺が物作りオタクなら、扇奈は料理オタクか？」

扇奈の料理に対する努力と熱意は、傍目《はため》から見てもすごい。

しかし、扇奈は、どうかな？　と首をひねった。

「料理はもちろん好きだけど、その過程が好きっていうより、劉生がおいしいって言ってくれることが目的な気がする。そもそも、料理始めたのだって、劉生のお弁当がスタートだったわけだし」

「ということは、お前は『劉生オタク』か？」

「うん、そうだね。私、劉生オタクだね」

今度は一切の間がなく首が縦に動く。

「……冗談《じょうだん》で言ったんだがな」

「私は冗談じゃないよ？」

「真顔で言うな真顔で。怖《こわ》い」

凝視《ぎょうし》してくる扇奈から目をそらし、料理を再開する。

塩、コショウを目分量で野菜の上にふりかけ、さらにフライパンを煽る。かまどの前は真夏の炎天下以上に熱いが、おかげで火力はガスコンロやＩＨコンロなんて歯牙《しが》にもかけ

ない強力さだ。かなりいい加減に作っている野菜炒めだが、扇奈が横で見てくれていることもあり、黒焦《くろこ》げにはならずに完成できそうだ。

「野菜炒め、もうすぐできるぞ」

「それじゃ、私も仕上げをしちゃお。チーズに焼き目を付ければ完成だし」

「オーブンないのに、どうやって焼き目つけるんだ？」

「火のついた薪《まき》を近づけたら、焼き目つくでしょ」

「ガスバーナーの代わりか。焼き目はつくだろうけど、この間みたいにズルベターンって転ぶなよ。火を持ったまま転んだらパンツ見えるどころじゃすまないからな」

「まだその事件蒸《む》し返す⁉　燃やすよ⁉」

「おいこら火遊びはよくないぞ」

益体《やくたい》もないことを言い合いながら、二人での夕食作りは進んでいった。

二人肩《かた》を並べて料理をするなんて初めてのことだ。なのに、ちっとも新鮮味《しんせんみ》を感じない。今までも何度もやってきたかのような感覚さえ覚えてしまう。

料理作りがとりたてて珍《めずら》しいことではないからだろうか。それとも、別な理由からだろうか。

「あ、見て見て、チーズにいい感じに焦《こ》げ目《め》がついてきたよ」

「火のついた薪を動かすなよ！　灰がドリアの上に落ちるぞ！」

扇奈とワチャワチャ騒《さわ》ぎながら、劉生は心の中でちょっと首をかしげた。

「今日もおいしそうだな」

ちゃぶ台に並んだ料理を見て思わず拍手《はくしゅ》する。

今晩のメニューは、ドリアとスープと野菜炒めの三品だ。サラダは野菜炒めを作ったのでなしになったが、それでも十分すぎるくらい立派な夕食だ。

「私は、劉生の野菜炒めが楽しみだけど。というわけで、いただきまーす」

合掌《がっしょう》もそこそこに、扇奈の箸《はし》が油でテカテカ光っている野菜たちに伸《の》びる。

「いただきます」

遅《おく》れて、劉生も野菜炒めを口に運ぶ。

シャキシャキとした瑞々《みずみず》しい食感が口に広がる。かと言って、生というわけではない。きちんと火は通っている。加熱と野菜の食感がきちんと両立していた。劉生の手料理史上ナンバーワンの野菜炒めと断言できる出来栄《できば》えだ。やはりかまどの火力は伊達《だて》ではないということか。

おいしい。よくできている。

それは間違《まちが》いない。間違いないのだが……。

「料理対決は私の勝ちね！」

ひとしきり野菜炒めを食べた後、扇奈がえへんと形のいい胸を見せつけるように勝ち誇《ほこ》った。

料理対決をしていたつもりは毛頭ないが、扇奈の勝利宣言に異議を唱えようという気持ちにちっともなれないのも事実だった。劉生なりによくできた野菜炒めだが、扇奈が作ってくれる料理の足元にも及《およ》ばない。

どう転んでも料理では扇奈に勝てそうにないなと改めて痛感する。

「そうだな、やっぱり料理は扇奈のものだな。俺は食べる専門に回った方が賢明《けんめい》だ」

適材適所、餅《もち》は餅屋《もちや》というやつだ。

「うんうん！　料理は私に任せて！　劉生が食べたいものたくさん作ってあげるから！」

「頼《たの》む。その代わり、必要なものは俺が作るから」

「だったら、やっぱりオーブン代わりの窯《かま》かなぁ。ピザとかパンが焼けるようなの。今日みたいに焼き目つけるのにも使えるだろうし」

「ピザとかパンができたら俺も嬉《うれ》しいかな。今度智也と相談してみる」

「窯ができたら、みんなでピザパーティーしようね！」

「あ、それは俺もやりたい」

……この間の夕飯はおいしくなかったな。

向かい合って夕飯を食べながら、ふと思い出す。

冷めたコンビニ弁当をモソモソと食べるだけで、劉生一人きりだったからもちろん会話もない。本当にカロリーを摂取《せっしゅ》するためだけの食事といった感じだった。

一人暮らしをするとしたら、きっとあんな食生活が続いてしまうのだろう。


夕飯が終わり、食器を片付けた後、風呂に入ることにした。

ちょっとまだ早い気がしたが、扇奈が早くパジャマパーティーをしたいからお風呂も早くに入っちゃおうと主張したのだ。

「まあいいけど、パジャマパーティーって何をするんだ？」

劉生は友達と徹夜《てつや》でゲームや麻雀《マージャン》をしたことはあるが、パジャマパーティーなるイベントを開催《かいさい》したことはない。そもそも、男がパジャマパーティーなんてしていいのだろうか。勝手なイメージだが、可愛い女の子が数人で集まって恋《こい》バナをするイメージがある。劉生は参加資格がない気がするのだが。

「知らない。だって私もそんなイベント参加したことないもの」

「あー……そうだったな」

扇奈は女の子だが、パジャマパーティーをするような友達がいない。経験があるはずがなかった。

「だから、パジャマパーティーをしようなんて突拍子《とっぴょうし》もないことを言い出したんだな」

「う、うん」

扇奈の目が泳いだような気もするが、深くは考えないようにする。

「お風呂、じゃんけんで決めよっか。じゃーんけーん、ほい！」

じゃんけんで入る順番を決めると、劉生の方が先になった。

「覗《のぞ》くなよ」

「そんなことするわけないじゃない」

「おい待て、ここ数カ月の記憶《きおく》が抜《ぬ》け落ちてるのか？　お前、何度もやってるだろうが」

「そうだっけ？」

「すっとぼけるな！　マジで覗くなよ！」

「わかった。わかったってば」

けん制したおかげか、扇奈は覗きに来ることはなく、劉生はゆっくりと落ち着いて風呂に入ることができた。

　奏が作ってくれたパジャマを着て洗面所から出る。

「出たぞー」

「じゃあ、交代ね。ちゃぶ台に梅ジュース作って置いてあるから。……覗かないでよ？」

「それは芸人的前フリか？」

「かもしれないよ？」

「安心しろ。そんなこと絶対にしないから」

　冗談めかして言う扇奈に対して、シッシッと手で風呂場《ふろば》の方に追い立てる。

　すると彼女はつまならなさそうに、

「そうはっきり言われるとさぁ……」

　などとブツブツと言いながら風呂場に消えていった。

　やがて、パシャパシャと水の音が聞こえてくる。

　その音を聞くと、なぜかホッとしてしまった。と同時に喉の渇《かわ》きを覚え、ちゃぶ台の上に置いてあるコップを手に取った。

「うん、うまい」

　扇奈が作ってくれた梅ジュースはやはりおいしい。氷がないのが残念だが、それでも汲みたての井戸水で作られた梅ジュースは、飲むたびに風呂《ふろ》上がりの喉を心地《ここち》よく撫《な》でていってくれる。

コップを手にして、縁側《えんがわ》から庭に下りた。

風呂には早い時間と思ったが、すでに空はすっかりと暮れて漆黒《しっこく》に染まっている。

ここは、本当に静かだ。

細い坂道を登った丘《おか》の上にあるから、車が走る音は聞こえない。周りの民家は全て空き家で、生活音も聞こえない。鳥も寝静《ねしず》まる夜になると、たまに風で木々の葉が擦《こす》れる音くらいしか聞こえなくなる。

そうなると、まともに聞こえてくるのは、扇奈が入っているお風呂の音くらいだ。

星が瞬《またた》く夜空を見上げていると、この世界に自分と彼女しかいないように感じられるのは、誇張《こちょう》でも何でもない。

「――星を見てるの？」

ボーッとしていた自覚はなかったが、どうやらそうしていたらしい。扇奈がいつの間にか戻ってきていて、声をかけてきた。

「あ、ああ」

問いかけに、生返事を返す。

「ここは人工の明かりがほとんどないからな。家の近くとは星空が雲泥《うんでい》の差だと思って。

満天の星空ってきれいなんだな」

「劉生らしくないことを言うねぇ。星好きだったっけ？」

「北極星がどれかもわかっていないレベルだ」

「私と同レベルだ」

風呂上がりの扇奈がくしししと楽しそうに笑う。

「でも、確かにものすっごくきれいだよね。小学生の時、夏休みの自由研究でおじいちゃんに手伝ってもらって星の観察やったなぁ。あ、今度の夏休み、みんなでやる？」

「あいにくだけど、俺は地学を取ってない」

「ちぇー、残念」

単に思い付きを言っただけなのだろう。扇奈は口で言うほど残念そうには見えなかった。

代わりに、劉生の真正面に立ち、軽く両腕《りょううで》を広げて見せる。

「ねぇねぇ、どう？」

どう、とはパジャマを着た自分はどうか、ということだろう。

一言でいえば、すごくいい。

奏が作ってくれたパジャマは淡いピンク色のゆったりサイズで、一見子供っぽい印象も受ける。だが、そんな大きめサイズでも扇奈のボディラインは隠《かく》しきれるものではないし、窮屈《きゆうくつ》にならないために大きく開かれた襟元から胸元《むなもと》がチラチラ見える。子供と大人のいいとこ取りしたような雰囲気《ふんいき》で、可愛《かわい》いとも思うし、ドキリともしてしまう。

夜の闇《やみ》の中でも決して見失わない存在感が、今の扇奈にはあった。

「似合っているぞ」

「ホント? よかったー」

イエイ、と嬉しそうにピースサインをしてみせる。

「俺の方はどうだ?」

扇奈をまねて、軽く両腕を広げてみせる。

劉生も着ているのは扇奈お手製のパジャマだ。色が水色とか、襟《えり》や裾に装飾《そうしょく》のためのステッチが入っていないなど、細かな違《ちが》いはあるが、ほとんど扇奈が着ているものと変わりはない。

「うーん」

扇奈は頭のてっぺんから足のつま先までジロジロ見た後、

「なんか似合わない」

と、バッサリ切って捨てた。

「え、マジでか」

てっきり褒《ほ》められると思っていたので、思わず漫画のキャラのようにずっこけそうになってしまう。

「なんかね、パジャマが優《やさ》しすぎる感じがして、着ている人間のイメージとは違う気がする」

「その言い方だと、俺が凶悪《きょうあく》な人間みたいじゃないか」

機嫌《きげん》を損《そこ》ねてちょっと睨《にら》むと、扇奈はまあまあと笑いながらなだめてきた。それから、ちょっと待って、と一旦《いったん》家の中に戻り、スマホを取ってくる。そして、劉生の顔に自分の顔を近づけてパシャリとシャッターを切った。

「でも、こういう風に私と一緒だとお揃いになって、新婚夫婦《しんこんふうふ》みたいでそんなに違和感《いわかん》ないと思うんだけど」

と、撮《と》ったばかりの写真を見せてくる。

ディスプレイの中には、嬉しそうにレンズに笑いかけている扇奈と頬《ほお》と頬が触《ふ》れそうなほど近づかれて戸惑《とまど》い気味の自分が写っている。

……確かに似合っていないな。

客観的に見ると、そう言わざるを得なかった。

奏が作ったパジャマが悪いのではない。普段パジャマなんて着ないせいもあるのだろうが、服に対して浮《う》いているというか、着させられている感が滲《にじ》んで見える。パステルブルーという爽《さわ》やかすぎるカラーが、どうにもミスマッチなのだ。

多分、一人きりで写真に収められたら、自分でも失笑《しっしょう》してしまっていただろう。

そこまでひどいものにならなかったのは、一緒に写っている扇奈の存在が大きい。ペアの服を着て、楽しげな彼女《かのじょ》の笑顔《えがお》のおかげでどうにかこうにか劉生の方も見られる程度になっている。

「新婚夫婦、ね」

扇奈の言葉を反芻してみる。

いつもなら、兄妹《きょうだい》みたいの間違いだろ、とでも言うところだが、この写真を見ていると、どうにも否定できない自分がいた。

四角く切り取られた二人は、自分でも驚くほどスッポリとベストポジションに収まっている。

この写真を写っている二人を見て、兄妹だと答える人間はほとんどいないだろう。扇奈が言う通り新婚夫婦、もしくは恋人《こいびと》と答える方が多数派になるのは目に見えている。

劉生の隣《となり》には扇奈が、扇奈の隣には劉生がいることが至極《しごく》当然で、他の組み合わせは考えられない。

「この写真、奏に送ろうっと」

満足のいく写真が撮れてご機嫌な扇奈を眺めながら、劉生は自分の頬がわずかに赤くなってているのを自覚した。

二人ともパジャマパーティーの正装に着替《きが》えたので、パジャマパーティーができる準備は整った。

問題は、何をすればいいのかさっぱりわからないことだ。

「するのはいいけど、何をするんだ？」

「そりゃあ、パジャマ着て、布団の上に寝転《ねころ》がりながら、お菓子《かし》食べたりジュース飲んだりしながらおしゃべりしたり動画見たりするんでしょ」

「パジャマ着て布団の上でやる以外は、普段とあんまり変わらないな」

まあ、今更《いまさら》普段着《ふだんぎ》に着替え直すのも面倒《めんどう》くさい。奏が作ってくれたものを有効活用するという意味でも、扇奈が言う通りにしてみよう。

「あ、劉生はお菓子とか布団とか用意してくれる？」

何か思い付いたのか、扇奈は懐中《かいちゅう》電灯を持って裏庭の方に行ってしまった。

暗いのに大丈夫《だいじょうぶ》だろうかと心配しつつ、言われた通り準備していると、両腕に何かを抱えて戻ってきた。

「お待たせー。せっかくだからこれを使おうよ」

「……投網《とあみ》？」

見たまんまの感想を口にする。

それは浅葱色《あさぎいろ》したネットの塊《かたまり》にしか見えなかった。網《あみ》の目がずいぶん細かいから、これで漁をしたら小魚まで根こそぎ獲《と》れそうだ。

「違うわよ。これは蚊帳《かや》。知らない？」

「『蚊帳の外』ってことわざの蚊帳か？　へえ、これがか」

実物を見るのはこれが初めてだが、どういうものかくらいは知っていた。

「虫に刺されないための道具なんだよな」

「そうそう。そろそろ虫が出るみたいだし、せっかくだからこれを使おうかなって」

そういえば、この前一人でここに泊まった時、虫刺《むしさ》されがかゆくて目が覚めた。あれがなくなるのなら、すごくありがたい。

扇奈は蚊帳を広げつつ、

「劉生はそっちとそっちの角をやって」

「やってと言われても。これの使い方知らないんだが」

「ほら、そことそこの柱の上の方に釘《くぎ》が飛び出ているでしょ。そこにひもを引っ掛《か》けるの」

「こんなところにこんなものがあったのか。全然気づかなかった」

扇奈に言われるままに、蚊帳の四隅《よすみ》から伸びているひもを柱の上部にちょこんと生えている釘の頭に結び付ける。

五分ほどで薄《うす》い藍色《あいいろ》の直方体が出来上がった。

「おー、久しぶりに見たー」

懐かしいのか、扇奈がパチパチと拍手しながら喜ぶ。

が、劉生の方は彼女ほど素直《すなお》に喜べなかった。

吊《つ》ったばかりの蚊帳を指さし、

「できたのはいいんだけど、これ、小さくないか？」

すると扇奈はさも当然のように、

「だってこれ、おじいちゃんが一人で使っていた一人用だもん」

「一人用の空間しかないところに二人入る気か？」

扇奈と一晩泊まるのは、劉生も望んでいたことだ。この間一人で泊まった時とどう違うのか、それを知りたかった。

しかし、同じ部屋に寝るとは考えていなかった。さすがにそれは色々とまずい。

「別にいいじゃない。それに、布団《ふとん》だって一枚しかないんだし」

「いや、布団は俺は……」

布団は最初から譲《ゆず》るつもりだった。

「まあ、いいじゃない。ほらほら、パジャマパーティーをやろうよ。そんなところに突っ立ってたら虫に噛《か》まれちゃうよ？」

そう言いつつ、扇奈は布団もお菓子もランタンも蚊帳の中に入れてしまった。

……ま、いっか。

ひとしきりパジャマパーティーとやらをやって、扇奈が気が済んだところで別の部屋に移ればいいだろ。

そう自分に言い聞かせて、運動会の障害物競走みたいに、畳《たたみ》に広がるネットの裾《すそ》を持ち上げて中に入る。

「やっぱり狭《せま》いな」

中に入った感想は、予想通りのものだった。

ネットで形成された直方体の空間は外から見た以上に狭かった。布団一枚分と、ほんの少しくらいの面積しかない。高さもさほどなく、劉生が直立したら頭のてっぺんが容易《たやす》く蚊帳に触れてしまう。

「人一人寝《ね》るためだけの空間だからね」

「この中に高校生二人って狭くないか？」

「まあ、いいからいいから」

中腰《ちゅうごし》で立っていた劉生の腕《うで》を笑顔の扇奈がぐいと引っ張ってくる。

「ほらほら、座《すわ》るんじゃなくて寝て寝て」

仕方なく座ったがそれでも満足せず、扇奈はさらに腕を引っ張った。

「え？　いいのかこれで」

狭い布団の上に、二人は肩をくっつけるようにしてうつ伏《ぶ》せに寝転んだ。何とか距離《きょり》を取ろうと体をよじったりしてみたが、この空間で互いの体を触れ合わないようにするのはどうやっても不可能だった。

なんだかちょっと落ち着かない。この距離感だと否応《いやおう》なく扇奈の存在やにおいを感じてしまう。

そんな劉生の気持ちを知ってか知らずか、扇奈は枕元《まくらもと》に少し光量を落としたランタンといくつかのスナック菓子を置いた。

「うん！　これでだいぶパジャマパーティーぽくなったね！」

「パジャマパーティーっていうか、修学旅行の時にやった怪談《かいだん》大会を思い出すんだが」

「劉生も怖い話したの？　この前B級のホラー映画見て怖がってたくせに」

「別に怖がってなんかない！」

「え、ウソだー。顔面真っ青だったじゃんか」

その時のことを思い出したのか、クスクスと笑う。

対する劉生は渋面《じゅうめん》になりつつ、

「あの時、智也がいなくて助かったよ。あいつがいたら絶対に写真撮ってただろうからな」

「あ、そうだね。そう考えると、もったいないことしたかなぁ。今度はみんな揃《そろ》っている時に上映会やろっか」

「みんなっていうと、椋子さんも入れるのか？　あの人、一応受験生なんだからストレスかけるようなことするなよ」

「大丈夫でしょ。なんか、あの人ホラー平気そう」

「……言われたら、そんなイメージかも」

相槌を打ちながら、枕元のお菓子に手を伸ばす。どれを食べようかと少し迷ったが、チョコレートスナックを食べることにした。うつ伏せの姿勢のまま口にチョコスナックを放り込《こ》む。

「椋子さんといえば、今度釣《つ》りに行こうって言ってたよ」

「釣り？　海釣《うみづ》りか？」

スナック菓子をサクサクやりながら尋《たず》ねると、

「ううん、海じゃなくて川。その辺の川、そこそこ釣れるんだって」

「魚釣《さかなつ》りか。面白《おもしろ》そうだとは思うんだけど、確か川の釣りって遊漁券ってのを買わないといけないんじゃなかったっけ？　金かかるんだろ」

「椋子さんとおじいさんの分を通年で買ってるんだって。でも、おじいちゃんが今は釣りに行けなくて遊漁券がもったいないから、一緒《いっしょ》に行こうってことみたい」

「遊漁券って使い回ししていいのか？」

「さあ？」

扇奈が寝たまま器用に肩をすくめた。そして、ひな鳥のようにパカリと口を開く。それを見てすぐに彼女の意図がわかってしまう。

「ほれ」

「ん！」

ポンと開いた扇奈の口の中にチョコレートでコーティングされたスナック菓子を放り込む。続いて、自分の口にもスナック菓子を運ぶ。

「この間一人で泊《と》まった時にも思ったんだが、うちで夜、こんな風に寝ながら菓子食ってたら確実に母親に怒《おこ》られる。これができてるだけでも、この家の修理頑張《がんば》ってる価値があるよな」

「微妙《びみょう》に安っぽい価値だなぁ」

お菓子を食べながら扇奈は苦笑を漏《も》らし、

「でも、そうだね。今までできなかったことができるようになったって言うのは、すごく大きなプラスだね。うん、劉生と頑張ってよかったって素直に思うよ。でも、まだまだこんなものじゃないでしょ？」

「もちろん」

まだまだやりたいこと、やるべきことはたくさんある。

「さしあたっては、ご飯の時にも話題に出た窯だな。もちろん家の修理もしなくちゃなんだけど、今日自分がかまどの前に立って思った。窯とか作ったら絶対に面白い」

「窯いいよねぇ。必要不可欠ってわけじゃないんだけど、窯あったらここでの生活が豊かになりそうな気がする」

「だろ。ただ住むんじゃなくて、面白かったり楽しかったりすること増やしたいよな」

扇奈の言葉にうんうんと頷《うなず》く。窯だけではない、サウナ小屋とかプールとか星を見るための展望台とかオシャレにお茶ができるウッドデッキとか麻雀の卓《たく》とか、他にもあったらいいなと思うものはたくさんある。その中で窯は、扇奈の料理のスキルをさらに引き出すために一番欲《ほ》しい。

「でも、材料はあるの？」

「この間椋子さんと一緒に行った藤井《ふじい》さんの家にも耐火《たいか》レンガ余ってるってさ。いらないから欲しければ取りに来いって言われてる」

「なんか最近の劉生、お年寄りとのネットワークが広がってるね」

「それは言うな」

思わず仏頂面《ぶっちょうづら》になると、扇奈にフフフと笑われた。

近頃《ちかごろ》、加賀《かが》老人も藤井老人も大した用もないのに、チョイチョイメッセージを送ってくるようになった。あれを作ったらどうだ、あそこを直したら快適になるぞ、とおせっかいにも程がある内容を送信してくるのだ。

「なんか、いつの間にか色んな人と関わるようになっちゃったね。私、一緒に買い物に行く女の子ができるなんて思ってもみなかった」

「ホントにな」

奏とは思わぬ形で協力し合うことになったし、智也にはなし崩《くず》しに旧伏見家に居座《いすわ》られることになった。椋子とは些細《ささい》なきっかけから手伝いをしてもらうようになった。他にも加賀老人や藤井老人、あるいは扇奈の父親なんて、本来ならば関わり合いにならないはずの大人たちとも連絡先《れんらくさき》を交換《こうかん》し合うほどになった。

扇奈が言う通り、色んな人と関わるようになった。そして、これからもまだ顔も名前も知らない人と関わり合いになりそうな予感がある。

扇奈の感想には全く同感だ。

だが、その一方で、と言いたい気持ちもある。

色んな人と関わり、多くの人がこの家に来るようになったとしても、根幹は自分と扇奈の二人だ。みんなでも自分一人でもなく、劉生と扇奈の二人なのだ。

「…………」

「…………」

流れるように続いた会話が、一瞬途切《いっしゅんとぎ》れる。

その隙間《すきま》をついて、尋ねてみた。

「……こんなのでいいのか？」

「何が？」

「パジャマパーティー。こういうのであってるのか？」

顔色を窺《うかが》うような頼《たよ》りない声色《こわいろ》に、扇奈が面白そうに噴《ふ》き出した。

「劉生ってば変なところで気を遣《つか》うよね。別に公式ルールや定義があるわけでもないんだし、何でもいいじゃない。私は楽しいよ？」

扇奈はそう言ってくれるが、お菓子を食べながら中身のない雑談をしているだけでは普《ふ》通《つう》すぎる。いや……そうではない。逆だ。小さな蚊帳で仕切られた空間の中の、狭い布団一枚の上で、肩をくっつけ合いながら男女が寝転がっている。これはきっと普通ではない。第三者が今の二人を見て、果たしてパジャマパーティーをやっていると判断してくれるだろうか。

「劉生は、今晩何かしたいことあったの？」

「別に、ないんだがな」

扇奈にぶつからないように気を付けつつ寝返《ねがえ》りを打ち、仰向《あおむ》けになる。ランタンを蚊帳の中に持って入っているせいで、蚊帳の外は何も見えない真《ま》っ暗闇《くらやみ》だ。ランタンの光に照らされた青いネットと、それによって区切られた空間しか目に入らない。外の音も聞こえない。

自分と扇奈だけが隔絶《かくぜつ》された空間に閉《と》じ込められたような錯覚《さっかく》に陥《おちい》る。

「本当に、したいこととかしなくちゃいけないこととか、そんなの全然考えてなかった。

単純に、お前が泊まろうって言ったから、まあいいかって、そう思っただけだ」

強《し》いて言えば、確認《かくにん》したかった。

一人で泊まった時とどう違うのか。

一人でいると、思う存分自由と解放感を満喫《まんきつ》できた。人目を気にすることなくしたいことをしたい時にできる素晴《すば》らしさを噛みしめられた。

その一方で、寂《さび》しさも感じた。何か言ってもレスポンスは一切《いっさい》ない。『楽しい』や『面白い』、『おいしい』といった感情を共有する相手がいない物足りなさがあった。椋子とバスケをした際、自分が作ったバスケットゴールで自分と他の人間が楽しむ素晴らしさの一端《いったん》を感じられた。付き合いの短い椋子でもそうだったのだ。親友の扇奈とならどうなるんだろうと思った。

結論としては、扇奈といると楽しい。

一人でいる時よりも何倍もだ。

今日は取り立てて目新しいことをしてはいない。一緒に料理を作って、それを食べて、星空を眺《なが》めて、寝ながらお菓子を食べつつ雑談しているだけだ。イベントと呼べるようなことは何もない。

だけど、楽しい。

一人でカップ麺《めん》を啜《すす》るのも自由を感じられたし、誰かに咎《とが》められることなく延々鉋掛《かんなが》けをするのも充実《じゅうじつ》した時間だった。一人で寝ながらお菓子を食べるのも悪くなかった。

だが、この前と今日、どちらが楽しいかと問われれば、やはり今日と答えるだろう。

扇奈はうるさい。距離感がおかしいし、隙《すき》あらばからかおうとしたりおちょくったりしてくる。超絶《ちょうぜつ》不器用だから彼女が何かしようとするとハラハラしてしまう。

扇奈と一緒にいると、気疲《きづか》れや気苦労が多い。

でも、楽しい。

それは誰にも、劉生自身にも否定できない厳然たる事実だった。

「逆に、扇奈はこのパジャマパーティーもどきだけでいいのか？　他に何かしたいことはなかったのか？」

まだ夜もさほど更《ふ》けていない。やりたいことがあるなら、いくらでもそれに付き合おうと思える。

「私？　んー、そうだなぁ」

話を振《ふ》られ、うつ伏せのまま扇奈が考《かんが》え込む。

「一緒にお風呂に入りたかった」

「できるか！」

「水着を着たらセーフじゃない？」

「アウトだよ」

扇奈のことだから、どうせとんでもない水着を着てくるに違いない。そんな彼女と一つの浴槽《よくそう》の中に入るなんて、狭い蚊帳の中なんて比じゃないくらい密着してしまう。

「お前、どうせ一緒に入ったら、俺《おれ》のリアクションを楽しむんだろ。純朴《じゅんぼく》な男子高校生を玩具《おもちゃ》にしやがって。よくないぞ、そういうの」

「別に、玩具にしているわけじゃないんだけど」

「お前はそうじゃなくても、俺はそう感じるんだよ。被害者《ひがいしゃ》のことを考えろ被害者のことを」

「被害者って大袈裟《おおげさ》だよぉ」

劉生が頬を赤くしながら口をへの字にすると、彼女は満足したのか、ふふふと穏《おだ》やかに笑った。

「まあ、今のは半分冗談《じょうだん》なんだけど」

「半分は本気か」

劉生が半眼になって睨むが無視して続ける。

「たまたまなんだけど、この間私もしたいことって考えたの。ほら、劉生が椋子さんとバスケしてたじゃない」

「この間のことか」

どうして椋子の話が出るんだろうと少し訝《いぶか》しむ。

「バスケしている二人を見てさ、私、嫉妬《しっと》したの。あー！　私が劉生としたことないことやってる！　って」

「お前、バスケとかそんなに好きじゃないだろ」

扇奈は不器用が祟《たた》って運動神経も決してよくはない。体を動かすのは嫌《きら》いではないが、スポーツとなると難色を示すことが多かった。

「うん、まあね。それに、見ているうちに思ったの。うらやましいけどうらやましくないって」

「なんだそりゃ」

まるでなぞなぞだ。首をひねる。

すると扇奈はまた微笑《ほほえ》み、

「きっと私がしたいことって、劉生の傍《そば》にいて、お話たくさんして、触れ合うことなんだと思う」

「いつもやってることだろ」

「そうだね。うん、いつもやっているね。でも、これが一番やりたいことなの。ウソでも冗談でもないよ」

扇奈が九十度だけ寝返りを打ち、体ごとこちらの方を向いてきた。

釣られるように、劉生も九十度だけ寝返りを打つ。

二人は近距離《きんきより》で見つめ合うような形になった。

淡《あわ》いピンク色のパジャマだけに身を包んだ少女。

ゆるやかなパジャマ越《ご》しにもわかる柔《やわ》らかくひどく華奢《きゃしゃ》な体と、それとは裏腹に大きくて豊満な胸。パジャマの胸元からその谷間がチラチラと見えてしまう。

多分、ブラジャーは着けていない。女性は寝る際には着けないと聞く。扇奈もこのまま寝るのを想定して着けていないのだろう。

明かりに照らされて真珠《しんじゅ》色に輝《かがや》くその肌《はだ》は、いつもよりも大きく深く大胆《だいたん》に、その存在を劉生に向かって主張していた。

いつまでも見ていたくなってしまう魔力《まりょく》がそこにあった。

それに抗《あらが》えたのは、劉生の精神力が強かったからではない。扇奈が手を伸《の》ばし、こちらの顔を自分の顔の方へ向けるようにしたからだ。

「お話しする時は、目を見て話した方がいいと思うよ？」

「……すまん」

素直に謝《あやま》ると、彼女はクスクス笑った。

「いいよ、別に。他の男なら寒気がするくらい嫌《いや》だけど、劉生だったら全然平気だし」

金色に染めた髪《かみ》は重力に流され、彼女の頬の下あたりで大きな海を作っている。ランタンの明かりを弾《はじ》く瞳《ひとみ》は、星の瞬きを封《ふう》じ込めたような輝きを湛《たた》えつつ、ジッとこちらを見つめていた。

「私ね、今楽しいし幸せだし、すごくドキドキしている」

「……何もしてないんだけど」

「それでも、だよ」

実際、彼女は楽しそうに見えた。ただ寝転がって互《たが》いを見つめ合い話をしているだけだというのに、この時間が何より愛《いと》おしいと言わんばかりに微笑んでいる。

ドキドキ、か。

この一、二カ月、その感情にどれだけ振り回されただろうか。

扇奈に何かされるたびにドキドキしてきた。

扇奈に触れられるたびにドキドキしてきた。

扇奈の傍にいるだけでドキドキしてしまうこともある。

自分は扇奈の友達だと常々言っておきながらこの様だ。情けない。自己嫌悪《けんお》してしまう。

だが、俺は扇奈の親友だと自分を誤魔化《ごまか》し続けるのも、限界に近付いていると悟《さと》っていた。

手を伸ばし、彼女の頬に触れてみる。

「りゅ、劉生？」

そんなことをされると思っていなかったのか、突然《とつぜん》人間に撫でられた野良猫《のらねこ》みたいにビクッと体を震《ふる》わせる。

「なんだよ、お前だって俺の顔に触《さわ》ってるだろうが」

「そ、そうだけど」

こんなこと今までしたことがないじゃんか、と呟《つぶや》く扇奈の頬はとてもなめらかで綺麗だった。お風呂に入ったばかりだからなのか、それともいつもなのかはわからないが、瑞々《みずみず》しく、吸い付くような弾力《だんりょく》がある。

いつまでも触っていたいという気持ちになった。それどころか、もっと触りたいと思った。

欲求に抗えず、扇奈の体を引き寄せ、両腕で思い切り抱《だ》きしめる。

「りゅ、劉生……!?」

扇奈の声は完全に上ずっていた。

「いっつも扇奈の方からくっついてくるだろうが。たまには俺がやり返しても罰《ばち》は当たらないと思わないか？」

耳元で囁《ささや》く。

「そうかもしれないけど、でも、この状況《じょうきょう》は……！」

腕の中で、金縛《かなしば》りにあったように扇奈の体が硬直《こうちょく》している。だが、お構いなしに強く抱きしめた。パジャマ越しにじんわりと彼女の体温が伝わってくる。

彼女の体はとても柔らかく、甘《あま》いにおいがする。ハニーブロンドの髪の中に顔を突《つ》っ込むと、そのにおいがむせ返るほど強くなる。だけどちっとも不快じゃない。

「りゅ、劉生……？」

「大人しくしろ」

また囁き、大人しくさせる。

こうやって彼女を抱きしめているとドキドキする。だけど、安心もする。

全く真逆の気持ちが同時に胸に湧《わ》き、それがグルグル渦《うず》を作りながら溶《と》け合い、一つになっていく。

そして、次第《しだい》に形が見えてくる。

ああ、そうか。そういうことか。この気持ちは、そうなんだ。

わかった。わかってしまった。

俺は、扇奈のことが好きなんだ。

今までずっと『俺は扇奈の親友』という蓋《ふた》で塞《ふさ》がれていた感情が、ようやく顔を出した。

この気持ちがいつから自分の中にいたのかわからない。つい最近芽生えたものなのか、それともずっと前から存在していて気づかないふりをしていただけなのか。

ずいぶんと遠回りをしてしまった。

でも、ようやく、自分の気持ちを見つけられた。

心の中で苦笑《くしょう》してしまう。まさか自分がこんな気持ちになるなんて。だが、悪い気分ではない。むしろスッキリした。霧《きり》に覆《おお》われて見えなかった道がようやく見つかったようだ。

「りゅ、劉生……？　私、全然覚悟《かくご》が……」

扇奈が何か言い、我に返る。

永遠に抱きしめ続けられそうな気もするが、それでは扇奈に申し訳ない。

最後にギュッと強く抱きしめて、それから解放してやった。

「あ、あの、今のどういう意味だったの？」

寝ころんだまま、祈《いの》るように両手の指を組んでいる扇奈が恐《おそ》る恐る聞いてきた。

それを無視して考える。

自分の気持ちを認識《にんしき》したのなら、次にやるべきことはわかりきっている。告白だ。

幸い、今は二人きりで誰《だれ》の邪魔《じゃま》も入らない。最近この家も賑《にぎ》やかで二人きりになる機会も少なくなってきているから、チャンスといえば今この時がベストと言えるだろう。

だが、しかし……。

扇奈の顔をじっと見つめる。

突然の抱擁《ほうよう》の意味がわからず、混乱しきった表情でこちらを見つめ返してくる。

ついさっきまでなんともなかったはずのその視線が、なんだか気恥《きは》ずかしい。それどころか、扇奈の顔を見つめることさえ恥《は》ずかしくなってきた。

好きだと気づいたのなら、次のステップに進むために好きだと気持ちを伝えるのが当然だ。そうしなければ始まらない。

そんなこと、恋愛《れんあい》経験ゼロの劉生だってわかっている。

だったら言うべきだ。

お前が好きだ、と。

なのに。それなのに。

「…………ッ」

言えない。

言おうとしても喉《のど》の奥《おく》の方で言葉がつっかえ、うまく出てこない。舌の根っこが強張《こわば》り、命令通りに動いてくれない。

なんだこれ……？

自分の体が自分のものではないようなもどかしさがある。

しかし、どうしようとも口は言うことを聞いてくれなかった。

ただ「好きだ」の三文字を言えばいいだけなのに、その言葉が口から出てくれない。言い方がわからない。金髪《きんぱつ》の少女の眼前でどうにかできないかともがくが、体が断固拒否《きょひ》する。

……無理だな、これ。

体が告白の仕方を理解していない。そんな感じだ。

改めて、扇奈の顔を見つめる。

「ど、どうかしたの？」

こんなに見つめられることなんてないからか、彼女がちょっと照れながら戸惑う。

可愛らしいし、愛おしい。気持ちを伝えたい。

そんな気持ちが胸の中で膨《ふく》れ上がるが、その一方で、焦《あせ》ることもないか、とも考える。

自分の隣に扇奈がいて、扇奈の傍に自分がいる日々はきっとまだまだ続く。ならば、強《ごう》引《いん》に言うよりも、自然と言える日が来るまで待つべきかもしれない。

そっと手を伸ばし、ぽんと優しく頭に手を乗せる。

今までも何度も、数えきれないくらいこんなことはやってきた。だが、今はこんな何でもない触れ合いでも胸の奥が温かくなれる。

……うん、やっぱり俺は扇奈のことが好きだったんだな。

その事実を実感する。それがわかっただけでも、今晩のお泊《とま》りの意味はあった気がする。

「扇奈」

「は、はい！」

名前を呼ぶと、妙《みょう》に緊張《きんちょう》した面《おも》持《も》ちで返事をしてきた。何を言われるんだろうと身構えているのがありありとわかる。

それに対し、劉生は笑いかけていった。

「おやすみ」

「え……？」

ぽかんとする扇奈の顔を最後に見て、ゴロリと寝返りを打って背を向けた。

「眠《ねむ》くなってきた。寝る」

事態を飲《の》み込めず、扇奈が固まるのが背中越しでもわかった。

が、それも一瞬《いっしゅん》のこと。

「え、ちょっと⁉　ネタばらしなし⁉　今の何だったの⁉　いやがらせ⁉　仕返し⁉　ご褒美《ほうび》⁉　全然わからないんですけど！」

休日にお出かけしようと父親におねだりする子供のように、ゆっさゆっさと肩《かた》をゆすってくる。

だが、その晩劉生は二度と扇奈の方を向こうとしなかった。

「いいからもう寝ようぜ。あんまり夜更《よふ》かしするのもよくないだろ」

「いやいやいや！　こんな状態で寝られるわけないじゃない！　さっきの劉生、意味が全然わからないんだけど！　きちんと説明してよ！」

そんなことを言われても。

言えないのだから、どうにもならない。

だけど、いつか必ず言おう。

心の中でそう誓《ちか》い、劉生はゆっくりと目を閉じた。

エピローグ

watashi to issho ni sumutte iunoha dokana?

旧伏見《ふしみ》家の庭から、白い煙《けむり》が空に向かってゆっくりと上っていく。

梅雨《つゆ》の中休みで気持ちのいい青空が広がる中、劉生《りゅうせい》と扇奈《せんな》は庭の隅《すみ》で真剣《しんけん》な面持ちで顔を突き合わせ、何かのタイミングを計っていた。

「まだか？」

「もうちょっとだと思う」

「……まだか？」

「そんなに焦らないでよ。……よし！　今だよ！」

扇奈の号令に従い、劉生はドーム型の窯《かま》の中に大きくて平べったいしゃもじのようなものを突っ込んだ。

「せーのっ！」

そして、窯の中にあるものをしゃもじの上に載《の》せて、勢いよく引き抜《ぬ》く。

「おいしそう！　ちょうどいい焼き加減じゃないかな！　バッチリだね、劉生のピザ窯！」

焼き立てのピザを見た扇奈がはしゃぎながらハイタッチを求めてくる。

対する劉生は不安そうな面持ちになりながら、手作りしたピザパドルの上で香《こう》ばしいにおいを放つ熱々のピザを上から横から見てしまう。

「焼きムラとかそういうのはないか？　火力は足りているか？」

「大丈夫《だいじょうぶ》大丈夫。これなら全然問題なしだって」

「そうか。ならよかった」

料理担当のお墨《すみ》付きをもらって安堵《あんど》し、それでようやくハイタッチに応じられた。

二人の手が合わさり、パチンと小気味いい音が響《ひび》く。

庭の隅に作ったのは、かねてから作りたい作りたいと言っていたピザ窯だった。藤井《ふじい》老人から頂戴《ちょうだい》した耐火レンガを使って、小さな半球形の窯を作ることにしたのだが、今回は智也《ともや》の助力なしで一人きりで作ってみた。

前回、智也が手助けとアドバイスをくれたのはものすごくありがたかったが、それはそれとして、自分一人で作ってみたいという欲求を捨て切れなかったのだ。

タガネで耐火レンガを適切な大きさに割るのに苦労したり、綺麗《きれい》なドーム型にするのに手こずったりしたが、どうにかこうにか完成を迎《むか》え、今日はみんなで試食を兼《か》ねてピザパーティーをすることにしていた。

奏《かなで》たちは昼過ぎに来る約束をしているが、午前から準備をしていた劉生と扇奈は空腹を我慢《がまん》できなくなり、試食の試食ということで一足先に二人だけで焼いてみることにしたのだ。

「冷めないうちに食べよっか」

焼きたてのピザを庭に出した手作り一号のテーブルに置くと、扇奈がアチアチと言いながら包丁で四等分に切り分けてくれた。

「ピザカッターも作りたかったなー」

「無茶《むちゃ》言わない。てゆうか、百均でも売ってるようなものまで作ろうとしないでよ」

「バカ、作ることに意味があるんだろうが」

「劉生とは長い付き合いだけど、そのこだわりはさっぱりわからない。さ、食べよ食べよ」

扇形《おうぎがた》になったピザをそれぞれ手にし、乾杯《かんぱい》代わりに軽く触《ふ》れ合わせてから口に運ぶ。

「うん、うまい」

「劉生の感想ってそればっか。でも、おいしいのはホントだね。よかったぁ」

「ソースもうまいな」

ピザソースは畑で採れたトマトをたっぷり使った自家製ソースだ。市販《しはん》のものよりも甘みが少なく酸味が強い気もするが、それがかえって溶けたチーズのくどさを中和していて、何枚でも食べられそうな味わいを生み出していた。

「このピザ、そのへんのデリバリーよりうまいし、安いし言うことないな」

「感想がケチくさいー。でも、褒《ほ》めてくれるのは嬉《うれ》しいかな。それに、劉生がピザ窯作ったからこそだよ」

「……そうだな。俺と扇奈の合作だな」

ピザ生地《きじ》の上に載っている大きめのベーコンを一口で食べながら素直《すなお》に同意する。

この家で多くの時間を過ごすようになって、痛感したことが一つあった。

一人でできることは思った以上に少ない、ということだ。

自分が他の人よりも多少は器用だと自負していた。それだけに、扇奈の父親に、この家を直して俺が住むと啖呵《たんか》を切った時、自分だけでなんとかなるだろうと高を括《くく》っていた。

だがしかし、実際はそうはならなかった。色んな人の助けを借りてここまできた。

奏のおかげでカーテンや布団、ランチョンマットにパジャマなんてものが手に入り、旧伏見家の暮らしに彩《いろど》りが増えた。

智也のおかげで立派なレンガ製のかまどを作ることができた。他にもＤＩＹの知識を色々と授《さず》けてくれている。

椋子《りょうこ》とその祖父のおかげで山の食材や木材を手に入れることができた。五月に掘《ほ》った夕ケノコは自家製メンマとなって、箸休《はしやす》めとして絶賛活躍《かつやく》中だし、この間収穫《しゅうかく》した梅ももう少ししたら梅干しになってくれるはずだ。他にも彼女《かのじょ》の山の知識はネットでは知りようがないものが多く、非常に助かっている。

あるいは、劉生の器用さがあれば、やろうと思えば何とかできたかもしれない。だが、彼《かれ》らほどのクオリティのことはできないだろうし、時間も何倍も費《つい》やす羽目になっただろう。

そして、扇奈だ。

この少女、とにかく不器用である。見ているだけでハラハラしてしまう。

だが、料理という一点のみにおいて、素晴らしい腕前《うでまえ》を見せてくれる。おいしい料理は大きな活力となり、生活を豊かにしてくれる。

——いや、それだけではない。

彼女はいつだって劉生の傍にいて、応援《おうえん》してくれる。支えてくれる。一人では無理だと放り出したり、できっこないとあきらめてしまうような作業でも、彼女が見てくれているから、きっとできると信じてくれるから、やってやろうという気になれるのだ。

一人も気ままでいい。だが、扇奈と一緒の方ができることが格段に増える。そんな確信が、今の劉生の中にあった。

「なあ扇奈」

だからだろう、

「俺と一緒《いっしょ》にここに住むっていうのは、ありか？」

こんなことを言ってしまったのは。

「え……？」

口の周りをピザソースで真っ赤にしている扇奈の動きが止まった。

「今、劉生、なんて言った……？」

扇奈の瞳がかつてないほど大きく、まん丸になっていく。

「…………ッ！ 間違《まちが》えた！ 今のは言い間違えた！」

驚愕《きょうがく》の表情を張り付ける彼女を見て、自分がとんでもないことを言ってしまったと気づき、愕然《がくぜん》とする。

一体何の気の迷いか。何を言っているのか、自分は。

数十秒でいいから過去に戻《もど》りたい。そうしたら、過去の自分の頭に思い切りレンガを振り落としてその口を封じられるのに。

「マジで間違えた！ 忘れろ！」

「忘れるわけないじゃない！ というか、今の台詞《せりふ》もう一回言って！ 録音するから！」

スマホを取り出し、ほっぺたにグリグリと押《お》し付けてくる。

「今のは『俺は一生《いっしょう》ここに住む』って言ったんだ！　気持ちを新たに頑張ろうっていう所信表明をしただけだ！」

自分でもなかなか苦しいと思ってしまう言い訳だ。当然、扇奈がそんなので納得《なっとく》するはずがない。

「いーや、『俺は扇奈と死を分かつまでずっとずっと一緒にいる。それくらいお前の魅力《みりょく》にメロメロにやられてしまった。今までひどい仕打ちをしてすまなかった。これからは大切にしてやる。今までの埋《う》め合わせとして一生懸命奉仕《いっしょうけんめいほうし》していくからしてほしいことは何でも言え。俺が全身全霊《ぜんしんぜんれい》、命を懸《か》けてお前の願いをかなえ続けてやる。お前のためならたとえ火の中水の中、どんなところにでも行くし、どんなことでもしてやるから』って言った！」

「マジで言ってねぇよそんな長文！」

ピザとスマホを両手に持ってキャイキャイとはしゃぎまくる扇奈を前に、劉生は猛烈《もうれつ》に後悔《こうかい》しまくっていた。

くそ……！　バカか俺は……！　何を血迷った……⁉

つい、ポロリと言ってしまった。

彼女の笑顔《えがお》を見ているとそんなことを言いたくなってしまった。彼女と一緒《いっしょ》にいるこの空間この時間が居心地《いごこち》いいと再認識《さいにんしき》して、この時間がもっともっと長くなったらと思い、言ってしまいたくなってしまった。

「とうとう劉生がデレた！　ワーイワーイ！」

「人をツンデレみたいに言うな！」

「えー？　さっきの発言はどう聞いてもツンデレがデレた時の台詞だと思うんだけど」

「グ……！」

もはや、聞き間違えとか言い間違えといった誤魔化しは通用しそうにない。

進退窮《きわ》まってしまう。

どうすればいい……!?　このままじゃ、扇奈にいじられ続けられてしまうぞ俺……！

羞恥《しゅうち》と焦燥《しょうそう》と危機感で脳がグツグツ煮《に》えたぎりそうになる。何とかしなければ。早くしなければ。とにかくヤバイ。

完璧《かんぺき》な解決方法は全然思いつきそうにない。自分の頭脳がそんなハイスペックなものではないことくらい、重々承知している。

「しゅ、週一だ！」

だから、早々に完璧を諦《あきら》め、現状思いつける妥協案《だきょうあん》を口にした。

「週一？」

「そうだ、週に一回くらいならここに泊《と》まるのを許可してやる。元々ここはお前のじいちゃんの家だし、お前がこの家に泊まりたくなる気持ちもわからなくはない。本当は俺は一人で自由気ままに生活したいんだけど、週一くらいならお前も泊まっていいぞ」

苦《くる》し紛《まぎ》れと言えばそれまでだが、自分と扇奈の関係性を考慮《こうりょ》すれば、これくらいのことなら言ってもいいのではないだろうか。これなら、うん、恥ずかしくないし、他の人にもいじられない。

しかし、扇奈はそんな中途半端《ちゅうとはんぱ》、納得するはずがなかった。

「週一の通い妻⁉　そんなのつまんないよォッ！」

「待て、通い妻ってなんだ通い妻って。そういう意味で言ったんじゃねぇよ」

「せめて週六！」

「ほとんど毎日じゃねぇか！　却下《きゃっか》だ却下。週二が限界だ」

「週五！」

「ダメだ。週二」

「週五！　ここは譲《ゆず》れない！」

「目が血走ってて怖《こわ》いからやっぱ週一で」

「減っちゃった!?」

ピザが冷めていくのもそのままに、二人は喧々諤々《けんけんがくがく》と交渉《こうしょう》戦を繰《く》り広《ひろ》げていく。

二人がギャアギャア言い合っている間に、約束の時間になってしまったようだ。

「二人しかいないのにずいぶんと賑やかねぇ。坂の下の方まで声が聞こえたわよ」

「僕《ぼく》はセリをやっている魚市場に来ちゃったのかと思った」

「こんにちは、扇奈さん、劉生君」

椋子、智也、奏が連れ立ってやってきた。

「あ、奏！　椋子さん！　聞いて聞いて！　あのね、今ね――」

「あ、おい、ちょっと待て！」

制止しようとしてももう遅《おそ》い。扇奈は二人の少女の元に駆《か》け寄り、身《み》振《ぶ》り手《て》振《ぶ》りを交えて先ほどの出来事を説明し始めてしまった。

こっぱずかしいからやめさせたいが、今の扇奈をつついたら余計な飛び火がこちらに降りかかってくるのは確実だ。遠く離《はな》れて大人しくしているのが最善の策であろう。

「とうとう、年貢《ねんぐ》の納め時ってやつが来たのかな？」

嵐《あらし》が過ぎ去るのをひたすら待つ海鳥のようにジッとしていると、扇奈の説明を一通り聞いた智也が、いつものニコニコを顔に張り付けて近づいてきた。

い。

「なんのことだかさっぱりだ」

そううそぶいてみせても、おそらくこの友人には無駄《むだ》だろう。が、言わずにはいられな

「扇奈もこの家の修理には尽力《じんりょく》しているから、泊まる資格があるって思っただけだ。元々この家はあいつのおじいちゃんの家だから、思い入れもあるだろうし。なんなら、お前も週一でなら泊めてやっていいぞ。お前だってかまど作りに貢献《こうけん》してくれたりしているんだからそれくらいの権利はある」

「ウソばっかり」

案の定、あっさり看破されてしまう。

「そんな理由で泊まってもいいなら、最初から言ってるよ。手のひらをコロッと返すような心変わりをするなんて、劉生らしくないね」

「…………」

「気持ちが溢《あふ》れてポロッと本心を言ってしまった、そんなところでしょ？」

目を覗《のぞ》き込《こ》んでくる。目だけではなく、体の内側まで見透《みす》かされているような錯覚《さっかく》に陥《おちい》ってしまう。

「いや、心変わりはちょっと違《ちが》うか。ようやく気づいたって言った方が正しいかな？」

「なんのことだか」

バレている。それは明明白白だ。

だが、それでもしらばっくれようとする。

いくら友達でも軽々に言えるはずがない。今頃《いまごろ》になって、自分が扇奈を好きだと気づくなんて。

……考えるだけでも恥ずかしいな、これ。

頭の中で言語化するだけでも気恥ずかしさが膨れ上がってしまう。首から上が真っ赤になっていくのを自覚する。

先日、一緒に泊まって抱きしめた時、はっきりわかってしまった。自分が扇奈に抱いている感情は友情だけではなかったのだと。

いつからそうだったのか、自分でもわからない。最初からだったのか、それとも最近なのか。俺は扇奈の親友だとずっと自分に言い聞かせ続けていたので、気づきようがなかった。

だが、気づいてしまった。

こうなってしまうと色々考えてしまう。これからどうすればいいのかとか、今まで自分はどういう風に接していただろうかとか。

「伏見さんに告白はしないの？」

劉生が扇奈を好きという前提で智也が聞いてきた。その表情は笑顔で固定されている。楽しくて仕方がないらしい。

「するかよ、そんなの」

いつか言おうと誓ったものの、その誓いはいまだに実行できていない。今まで『俺と扇奈は友達だ』と散々吹聴《ふいちょう》してきた劉生である。今更《いまさら》どんな顔をして告白すればいいのか皆目見当《かいもく》もつかない。……まあ、これが半分以上逃《に》げのイイワケであることは、十二分に自覚している。単純に、恥ずかしいのだ。だからうまく言えない。

告白ってすごく難しくて大変なんだな。

告白して好きな女の子とカップルになった世の中の男たちを心底尊敬しているのが、最近の劉生である。

自嘲《じちょう》気味にため息をつくと、

「つまんない見栄《みえ》を張ってると、取り返しのつかない後悔をすることになるよ」

またも心を読んだかの如く、智也がそんなおせっかいなアドバイスをしてきた。

「うるさい、大きなお世話だ」

つっけんどんに突き放《はな》すように言う。が、智也は別段気を悪くした様子も見せず、笑顔を崩《くず》そうともしない。

「ねえ劉生、どうして僕がここにいるか知ってる？」

代わりに、急ハンドルを切って話題を変えてきた。

「親の目を気にすることなくゲームするためだろ」

「それは理由のごく一部だよ。真の目的はね」

と智也はそこで無意味に長い溜めを作り、

「なんと、劉生と伏見さんを見物することだったのさ！」

「……それもあるんだろうなとは思ってた」

あれだけ人にスマホのレンズを向けておいて、野次馬《やじうま》的好奇心《こうきしん》がなかったら逆にビックリである。

白けた表情をすると、智也はチッチッチと指を振《ふ》り、

「甘い甘い。僕はこういうことにどれだけ情熱を燃やしているか、劉生は知らなすぎる。そもそも、バイトを始めたのは高性能なカメラと写真データを保存編集するためのパソコンのためだったんだ。実際、僕のパソコンのＳＳＤの中ではかなりの容量の写真データが幅《はば》を利《き》かせているんだ。僕はね、人間の表情を撮《と》るのが好きなんだ。笑顔一つとっても一人一人違う。それどころか、同じ人でも異なる笑顔を見せてくれる。そういうのを切り取

るのが、僕はものすごく楽しいんだ」

「いきなりどうした？」

友人の唐突《とうとつ》すぎる告白に呆気《あっけ》に取られてしまう。

すると智也はほんのちょっとだけ真面目な顔になり、肩をすくめた。

「いや、そろそろ僕がこの家に来ている目的を家主に説明しておいた方がいいかなと思って。どうも君や伏見さんは、僕が単に面白《おもしろ》がるためだけにここに来ているみたいに思っているようだし」

「ああ、心底そう思っていた」

素直に首肯《しゅこう》する。それ以外の理由なんて、露《つゆ》ほどにも疑っていなかった。

少し前に、お前はマスコミに向いてるかもな、と言ってやった記憶《きおく》があるが、あの指摘《してき》は正鵠《せいこく》を射ていたのだ。

目を丸くする劉生を前に、智也はニヤリと彼らしくない笑《え》みを浮《う》かべ、ポンと肩を叩《たた》いてきた。

「ということで、先程《さきほど》のアドバイスはおせっかいでも親切でもなく、あくまで僕自身の目的のためなんだ」

「は？　それはどういう――」

「伏見さーん、劉生が話したいことがあるんだってー」

――意味なんだ、という台詞の続きは、智也のせいで言うことができなかった。

「え、なになにー？」

奏たちと仲良くピザを焼いていた扇奈が、ピザパドルを椋子に手渡《てわた》し、パタパタと歩いてやってくる。

「すごく大事な話らしいよ」

などと言って、智也はサッと自分がいた劉生の目の前というポジションを扇奈に譲り渡《わた》す。そして、ワクワクしながらスマホを構え始めた。

そういうことかあのヤロウ！

智也のたくらみが読めた。

告白するにせよしないにせよ、ここまでお膳立《ぜんだ》てをしたらいつもの劉生らしからぬ表情を激写できるはずと踏《ふ》んだのだ。いい読みをしている。あそこまで告白するしないなどと話をしていれば否応《いやおう》なくそのことを意識してしまうし、大事な話があると扇奈に言ってしまえば、彼女が早々に解放することもありえない。

「劉生、話ってなぁに？」

扇奈が純真な瞳で見上げてくる。

う……。

その輝《かがや》きに圧倒《あっとう》され、顔を背《そむ》けそうになってしまう。だが、なぜか彼女の顔から眼を離せない。

こいつ、こんなに可愛《かわい》かったっけ?

彼女が美人というのはわかりきった事実だ。そんなことは、傍《かたわ》らにいて嫌というほど実感している。中学でも高校でも、校内トップクラスの美人という評判は嫌になるほど耳にした。数えきれないほど告白されたのも知っている。横に劉生がいるにもかかわらずナンパされたことは両手両足の指を使って数えても全然足りないほどだ。

伏見扇奈が美少女だという事実は、劉生が一番知っていると言っても過言ではない。

だが、それを客観的な事実として理解はしていても、劉生自身が心底実感したことはなかった。まあ、そのへんの女の子よりは美人だよな、程度だった。

だが、自分の恋心《こいごころ》を自覚して改めて扇奈という少女を見ると、とんでもない美少女なんだと思い知る。よくこんなのとずっと一緒にいて平気だったな俺《おれ》、と自分の鈍《にぶ》さに愕然としてしまう。

「?　どうかした?」

固まったまま凝視《ぎょうし》してくるのを変に思ったのか、扇奈が見つめ返したまま首を傾《かし》げる。

彼女の金色の髪《かみ》が揺《ゆ》れた。

今まで何でもなかった仕草の一つ一つが可愛いと映ってしまう。

抱きしめたいという衝動《しょうどう》が胸の奥から込み上げてくる。

よくない。これは非常によくない。

智也は何かを期待しながらシャッターチャンスを逃《のが》すまいとしているし、奏と椋子は一体どうしたんだろうとピザを食べる手を止めて不思議そうにこちらを見ている。三人の前で衝動に従ってしまったら、何の言い逃れもできなくなってしまう。それはできない。すべきではない。

どうしよう。どうすればいいのか。逃げればいいのか、それとも、何か適当なことを言ってうやむやにすればいいのか。

余計なことを言った智也を恨《うら》む余裕《よゆう》もなく、懸命《けんめい》に考える。そして、一つ妙案《みょうあん》を思いつく。

「えい」

「ふぁっ⁉」

考え抜いた劉生は、扇奈の頬《ほお》を両手で摘《つ》まんで引っ張った。

「ああ、よかった。落ち着く」

びよーんと頬が横に広がった扇奈の顔を見て安堵する。

これはこれで可愛らしいが、変顔をする犬みたいに愛嬌《あいきょう》のある可愛らしさで、劉生の恋心を刺激《しげき》しない。むにむにと思う存分扇奈の頬を引っ張る。

「そういえば、ちょっと前に口に指を突っ込んで変な顔させたことあったたっけか。うむ、懐《なつ》かしいな」

ふと四月のことを思い出し、そんなことをしみじみと呟《つぶや》く。

あの頃《ころ》とは色んなことが変わった。この家にこんなに人が増えるとは思わなかった。自分が扇奈に恋心を抱《だ》くとも思わなかった。ほんの二カ月前だというのに、ずいぶん前のことのように思える。

「ちょっと！　人のほっぺたこねくり回して、『落ち着く』とか『懐かしい』とか何言ってんの！　私のほっぺたはストレス解消グッズじゃないんだからね！」

劉生が遠い目をしてここ数カ月を振り返っていると、目を三角にした扇奈が両手を力任せに引き剥《は》がした。

「話があるんじゃなかったの⁉」

「そんなに怒《おこ》るなって。なかなかいい感じに柔《やわ》らかかったぞ」

「そんなことで褒められてても、全然嬉しくない！　何の嫌《いや》がらせ⁉」

「いや別に、嫌がらせのつもりはないんだが」

嫌がらせをしようなんて微塵《みじん》も考えていない。しかし、どうやら劉生の真意はちっとも扇奈に伝わらないらしい。

「あったまきた！　劉生がそういうことするなら、私も前からやってみたかったいたずらしてやるんだから！」

と、ポケットから太いマジックペンを取り出した。

「猫《ねこ》のヒゲ描いて、ネコミミつけて、『にゃあん』って言わせてやる！」

「やるわけないだろうが」

「ウサギで『ぴょん』も可！」

「もっとやらねぇよ！」

マジックで顔に落書きしようと襲《おそ》い掛《か》かる扇奈の腕《うで》を掴《つか》んで必死に防衛する。

「お前これ油性だろ！　シンナー臭《くさ》いぞ！」

「水性だったらすぐに落ちちゃうんだから当たり前じゃない！」

「明日学校あるんだけどな！」

「知らないわよそんなこと！　バーカ！」

頬を玩具《おもちゃ》にされたのがよほど腹に据《す》えかねたらしい。扇奈は全力でこちらの頬にヒゲを描こうとしてくる。

「ねえ、あの二人、急に喧嘩《けんか》しだしちゃってどうしたの？」

「喧嘩はよくありません。止めないと」

「寺町《てらまち》さん、止める必要はないって。あれは喧嘩じゃないんだから。小学生レベルに素直になれない二人のじゃれ合いってだけだよ」

「……ああ、なるほど」

「え？　え？　どういうことです？」

「つまりね、あれは――」

三人がピザを食べながら何やら話しているが、自分を守ることに必死な劉生の耳にはもちろん届かない。

どれほどヒゲ攻防戦《こうぼうせん》を続けただろうか。

二人とも意地になってマジックペンの押し合いへし合いを繰り広げたが、やがて力尽《ちからつ》きて、庭にぺたんと座《すわ》り込んでしまった。

ぐう、とお腹《なか》が鳴る。

「……腹減った」

「ピザ、食べよっか」

騒《さわ》ぐだけ騒いで機嫌《きげん》が直ったのか、扇奈が立ち上がってピザ窯へ向かう。劉生も後を追う。

「劉生は何枚食べる？」

「二枚かな。扇奈は？」

「四枚！」

「多すぎじゃないか？　太るぞ」

「太らないってば！」

そんなことを言い合いながら、協力してピザを焼いていく。テーブルにおいしそうなピザがどんどん並んでいく。

ようやくピザパーティーらしくなってきた。

「これ、すごくおいしいですね。炭火だからでしょうか、わたしが普段《ふだん》食べているのよりもにおいがいいです」

「炭火で料理するとおいしくなるっていうわよね。かまどとか窯っていいわねぇ。……おじいちゃんの知り合いに、レンガ持て余している人まだいないかしら」

「ピザ生地もサクサクしていていいよね、これは伏見さんの腕のおかげかな。僕はあんまり食が太い方じゃないけど、これなら一枚全部食べられそうだよ」

奏たちがピザを口々に褒めてくれるのを聞きながら、空を眺《なが》める。

昨日までぐずついた天気が数日続いていたが、今日は見事なまでに快晴で、見ているだけで爽快《そうかい》な気持ちになれるスカイブルーが広がっている。梅雨の中休みという言葉がもったいなくなるくらいだ。

「どうかしたの？」

食事の手が止まったのが気になったのか、扇奈がひょいと顔を覗き込んでくる。

「いや、今日は天気いいなと思って」

「あー、久しぶりにいい天気だよね。でも、梅雨明《つゆあ》けはまだだよね。早く明けないかなー。ほら、やっぱり天気よくないとできないことってたくさんあるし」

「扇奈は夏にやりたいことあるのか？」

「そりゃたくさんあるよ。梅干しの天日干しやりたいし、流しそうめんやりたいし、収穫した野菜で色んな料理作ってみたいし、燻製《くんせい》器作りたいし」

と、指を折りながらやりたいことを列挙していく。

「食い物関係ばっかだな」

「そりゃあ、私はここの台所担当だし」

胸を張って、扇奈が言い切った。

「あ、でも、遊びでもしたいことはたくさんあるよ。花火もしたいし、天体観測もちょっとしてみたいし、お庭でキャンプするのも面白いかも、なんて思ってる。劉生だってやりたいこと、たくさんあるでしょう？」

「……そうだな。俺もたくさんある」

扇奈の問いかけに柔らかく微笑《ほほえ》み、首肯する。

もうすぐ七月になる。

暑い暑い夏がやってくる。

何をしようか。何ができるだろうか。何をすべきか。

色んなことを思いつく。

だがまあ、なんだっていい。扇奈と一緒なら何でもできるだろうし、何でも楽しいだろう。

彼女と色んなことをやっていき、時を重ねていけば、いつかきっと勇気が出てくるはずだ。

「ねー劉生、伏見さーん、ピザの追加焼いてよー」

智也がピザ窯の前で早く早くと手招きしてくる。

「おう、わかった。扇奈、どんどん焼いていこうぜ」

「うん！」

「あっという間になくなっちゃってさ。特に加賀先輩《かがせんぱい》の食べっぷりがすごくって。びっくりだよ、ピザを飲むみたいに食べるんだもん」

「ちょっと！　人を大食《おおぐ》らいみたいに言わないでくれるかしら」

「ですが、わたしの倍のスピードで食べていたのは確かですよ」

「寺町さん⁉」

「あーもー、しょうもない言い合いしないでよ。じゃんじゃん焼いていくからさ。劉生、私がピザ作るから焼くのは任せるね」

「了解《りょうかい》。任された」

古い民家の庭からゆっくりと煙《けむり》が上っていく。

賑《にぎ》やかな声と共に。

〈了《りょう》〉

あとがき

はじめての方、はじめまして。久しぶりの方、お久しぶりです。どうも、水口です。

深夜のコンビニでバイトをしていたことがあります。

接客レジ打ちももちろんあるのですが、一番重要かつ大変な仕事は、商品の棚入れ・補充でした。

店によるのでしょうが、自分が働いていた店は大量の商品がドサッとやってきて、それを全部朝の五時までに片付けなくてはいけませんでした。手早く効率的に動かないと五時までに到底終わりません。

どの商品がどのコーナーの何番目の棚にあるか、を頭に叩き込むのも大事でしたが、最終的にものを言ったのは、体力と腕力でした。段ボール箱を一つずつ運ぶより二つ三つと重ねてまとめて運ぶ方が手っ取り早いのは明らかです。

その考えに基づき、飲料ケースを三つ重ねて運ぼうとした時のことでした。

よいしょとケースを持ち上げようとした瞬間、腰の内側から明らかに鳴ってはいけない『ビキッ』という音がして、全身に痛みを伴う電流が走りました。ケースを持ち上げようとした姿勢のままで硬直し、数十秒呼吸ができず、冷蔵室内だったのに冷や汗がふき出したのをよく覚えています。それが、ぎっくり腰の始まりでした。

ひどいぎっくり腰になると何もできません。トイレに行くのだって一苦労ですし、寝返りだって打てません。椅子に座って執筆作業なんてできるはずがありません。腰って本当に大事です。体の中枢は心臓ではなく、腰だと声を大にして言いたいです。

ということで、作中でキャラクターに言わせた台詞は、自身の魂の叫びでした。

本当に痛いし怖いです、ぎっくり腰。

ネガティブな話だけというのもよくないので、バイトで得した話も。

同じく深夜のコンビニのバイトでのことですが、補充する商品もあれば廃棄しなければならない商品というものも出てきます。賞味期限切れがその代表ですね。

こちらもお店ごとにルールがあるのでしょうが、自分が働いていた店では、廃棄手続きをするために必要なバーコードの部分だけきちんと保管しておけば、中身は食べてしまって構わないということになっていました。

働き始めのうちは、休憩時間にバイトの同僚の方々と一緒におにぎりや菓子パンをちょっとつまむ程度でした。しかし、それでも残っている食品を見ていると、もったいないないと思うようになってきました。これを持って帰れば一食浮くのに、と。しかし、ルール上バーコードが印刷された袋やパッケージは持って帰れませんし、さすがに裸の菓子パンを持って帰る気にはなれません。

そこで考えた自分は、バイトにタッパーを持っていくことにしました。バイト終わりに売れ残ったおにぎりや菓子パン、サラダを嬉々としてタッパーに移し替えて持って帰り、朝ご飯やお昼ご飯にしたんです。

店長に「そこまでするバイト初めて見た」と驚かれましたが、全然気にしませんでした。浮いた食費で漫画やラノベやゲームが買えて大助かりでした。

謝意を。

お忙しい中、かわいいイラストを何枚も描いてくださったろうか先生、ありがとうございました。

ドロップキックを放つ椋子と、シュートを打つ椋子が特にお気に入りです。どんな競技でもそうですが、綺麗なフォームでスポーツをする女子ってカッコよくて憧れます。

それではまた。今後とも何卒よろしく。

HJ文庫 https://firecross.jp/
989

「私と一緒に住むってどうかな？」3
見た目ギャルな不器用美少女が俺と二人で暮らしたがる

2022年3月1日　初版発行

著者──水口敬文

発行者─松下大介
発行所─株式会社ホビージャパン

〒151-0053
東京都渋谷区代々木2−15−8
電話　03(5304)7604（編集）
　　　03(5304)9112（営業）

印刷所──大日本印刷株式会社

装丁──AFTERGLOW／株式会社エストール

Printed in Japan

ISBN978-4-7986-2758-8　C0193

ファンレター、作品のご感想
お待ちしております

〒151−0053　東京都渋谷区代々木2−15−8
(株)ホビージャパン HJ文庫編集部 気付
水口敬文 先生／ろうか 先生